# Diário

## da tua ausência

Margarida Rebelo Pinto

# Diário
## da tua ausência

BERTRAND BRASIL

Capa: Silvana Mattievich

Editoração: FA Studio

Texto revisado segundo o novo
Acordo Ortográfico da Língua Portuguesa

2011
Impresso no Brasil
*Printed in Brazil*

CIP-Brasil. Catalogação na fonte
Sindicato Nacional dos Editores de Livros – RJ

P726d Pinto, Margarida Rebelo, 1965-
Diário da tua ausência / Margarida Rebelo Pinto. – Rio de Janeiro: Bertrand Brasil, 2011.
128p.: 21 cm

ISBN 978-85-286-1530-2

1. Romance português. I. Título.

CDD – 869.3
11-6228 CDU – 821.134.3-3


EDITORA BERTRAND BRASIL LTDA.
Rua Argentina, 171 – 2º andar – São Cristóvão
20921-380 – Rio de Janeiro – RJ
Tel.: (0XX21) 2585-2070 – Fax: (0XX21) 2585-2087



Atendimento e venda direta ao leitor:
mdireto@record.com.br ou (21) 2585-2002

A todas as mulheres que amam e sabem esperar.
Para todos os homens que querem,
mas não as sabem guardar.

Ao meu filho Lourenço,
para que nunca deixe de acreditar.

*O mito é o nada que é tudo.*
*O mesmo sol que abre os céus*
*É um mito brilhante e mudo —*
*O corpo morto de Deus,*
*Vivo e desnudo.*

*Este, que aqui aportou.*
*Foi por não ser existindo.*
*Sem existir nos bastou.*
*Por não ter vindo foi vindo*
*E nos criou.*

*Assim a lenda se escorre*
*A entrar na realidade,*
*E a fecundá-la decorre.*
*Em baixo, a vida, metade*
*De nada, morre.*

"Ulisses" in *Mensagem*, de FERNANDO PESSOA

*My end is my beginning.*
T.S. Eliot

*A única verdadeira tristeza*
*está na ausência do desejo.*
Charles Ramuz

IMAGINA que te escrevo em voz baixa. Falamos sempre baixo quando queremos que acreditem nas nossas palavras. E tudo o que aqui escrevo é verdade.

Escrevemos porque ninguém ouve. Escrevo-te porque estás longe, numa cidade onde o nevoeiro roubou o ar ao sol e as pessoas pensam mais do que sentem. Se ao menos estivesses aqui ao meu lado, passava-te a mão pela nuca, puxava-te ligeiramente os caracóis e então tu fechavas os olhos de prazer e eu sentia-te próximo. Mas isso agora não é possível. A tecnologia pôs ao nosso serviço meios fabulosos para podermos estar sempre em contato. Posso telefonar-te para o telemóvel sempre que quiser e o tiveres ligado — o que é quase sempre, sem contar com o tempo que estás em reunião, a dar um seminário ou a voar de uma cidade para a outra —, posso enviar-te mensagens escritas ou posso ainda escrever-te e-mails. Se o desejar, consigo arranjar forma de entrar em contato contigo duas ou três vezes por dia. E claro, como todas as raparigas do mundo que esperam por um rapaz, posso esperar que me telefones ou que um dia voltes.

Mas tu não estás aqui; não vives no mesmo país e não respiras o mesmo ar. O teu sono é embalado noutras cidades: Londres, Paris, Madri, Barcelona. A Europa fica-te bem, sabias? E o teu trabalho também, porque és um cidadão do mundo, ou pelo menos estás convencido que és.

Quando era mais nova, viajava sempre que podia. Às vezes arranjava um namorado fora do país, que era uma desculpa para viajar mais. Cada vez que isso acontecia a minha mãe troçava de mim, dizia que eu inventava um pretexto para viajar com mais frequência e aperfeiçoar línguas. Hoje olho para o meu passado, esse emaranhado confuso e indistinto de recordações, e apercebo-me que ela tinha razão.

Vou-te confessar uma coisa. Se for honesta comigo mesma, só um ou dois foram verdadeiramente importantes; os outros, que pensei amar, por quem chorei a distância e sofri na pele a ausência, foram apenas pretextos para viajar e aperfeiçoar línguas. A minha mãe estava certa: hoje falo inglês, francês, espanhol e italiano, além da minha língua natal, que é também a tua.

É possível que no meu patrimônio genético exista o gene da espera, herdado das avós das avós das minhas avós, séculos a fio repletos de gerações de mulheres que viveram toda a sua vida à espera dos homens, desde a reconquista de Portugal, escondidas nas pequenas aldeias do norte sob a proteção do condado. Depois, até ao reinado de D. Afonso IV, enquanto combatiam a mourama. E mais tarde, na era dos Descobrimentos, quando partiam em naus e caravelas e ficavam por lá, a plantar a bandeira de Portugal nas praias que iam conquistando, erguendo padrões e fortes onde podiam, desde a costa africana até às Índias, passando pelo Brasil e por tantos outros lugares.

As mulheres portuguesas sempre esperaram pelos homens e a isso chamo a vocação de Penélope, a sábia e sensata mulher de Ulisses que esperou vinte anos pelo marido, sem nunca permitir que nenhum outro homem se casasse com ela e usurpasse o trono de Ítaca. A lenda não revela se ela satisfez as suas necessidades sexuais com outros homens, por isso nunca saberemos se a mulher do guerreiro era mesmo um modelo de abnegação e sacrifício, ou apenas sabia como fazer as coisas. O que conta é o que a lenda reza e a lenda diz que Penélope nunca cedeu ao medo, nunca deixou de acreditar que um dia Ulisses voltaria. E quando ele voltou, vinte anos depois, estava tão velho que só Argos, o cão, o reconheceu.

Como é incompleta a *Odisseia*! A história devia ter contado os milhares de trabalhos de Penélope a tentar defender a sua casa e o seu coração e não os doze trabalhos de Ulisses. De que valem Cíclopes aterradores, ilhas encantadas, cercos de guerras que duram dez anos e sereias hipnóticas e malvadas que fazem naufragar navios, comparados com a luta pela sobrevivência de um amor incerto e sem garantias durante mais de vinte anos, num tempo em que ausência não tinha outra resposta que não fosse o silêncio e o desconhecimento? Penélope era forte. Não desistiu de esperar, mesmo sem telefones, e-mails, ou mensagens escritas.

A história da humanidade esqueceu-se de contar a outra história, a história de todas as Penélopes, heroínas ignoradas e silenciadas pelo poder da palavra que, até há pouco mais de um século, era, como tudo no mundo, propriedade e privilégio quase exclusivo dos homens. É certo que Sherazade contou as suas histórias, mas porque foi obrigada. De outra forma, teria sido sacrificada como todas as que a precederam e que pereceram porque não tinham o dom da palavra nem a astúcia de pedir mais uma noite de vida, e depois outra, e depois outra ainda, até amolecer o coração do rei que lhe trocou o destino fatal pela conjugalidade imposta. Sherazade é a primeira mulher moderna da história da literatura; ela sabia o que estava a fazer quando pediu ao rei uma oportunidade. Sabia que a beleza e a graça femininas perdem força e brilho com a convivência, mas que a astúcia, o humor e a inteligência são atributos que se transformam em beleza e nunca enjoam os homens inteligentes, ao contrário das bonecas de porcelana sem cérebro que eles desejam como objetos de prazer e que depois se substituem por outras, mais jovens e mais belas.

A ironia, que sempre atravessa os grandes destinos, é que o nome da minha cidade, da cidade que amo e que escolhi como minha casa depois de conhecer outras mais grandiosas e imponentes, vem do mito e do sonho: Olissipo, o lugar onde Ulisses descansou.

Se passeares pela cidade talvez ainda oiças os passos do guerreiro, pesados e firmes sob a armadura, os pés levemente cobertos de tiras de cabedal, já sem cor nem forma por causa do pó, das feridas e das mudanças de temperatura. Ouvirás a sua respiração ofegante e verás os seus olhos pousados nas sete colinas, pensando que este é um bom lugar para descansar: ameno, acolhedor, fortificado, junto ao mar, de gente afável e coração hospitaleiro, como sempre fomos, há dois mil anos, ou agora, quando os turistas nos visitam. Se vivesses cá, saberias o que quero dizer. Nunca vi um lisboeta recusar ajuda a um estrangeiro de mapa na mão. Gostamos de receber, Portugal é por natureza uma imensa sala de visitas.

Mas Ulisses só passou por cá, não ficou, nunca ficou em nenhum lugar, a não ser temporariamente nos braços de uma ou outra divindade como Circe e Calipso. Continuou os seus trabalhos, para um dia, exausto, velho e desfigurado, poder finalmente voltar a casa. E reza a lenda que quando regressou, a mulher continuava sentada a fiar o tapete que fazia de dia e desfazia de noite, para que os seus pretendentes nunca tivessem um pretexto para poder casar com ela. Imagino Ulisses a entrar em casa e a ver Penélope, linda, serena, intocada pelo tempo, como se a erosão dos anos lhe tivesse passado ao lado, à espera dele, exatamente como no dia em que se despediu no porto e o viu embarcar.

Chico Buarque, um dos maiores poetas vivos de língua portuguesa, tem uma canção que conta a história de uma mulher só, que criou o filho de um marinheiro, uma versão contemporânea, porém imortal, do mito da espera:

*Ele vinha sem muita conversa, sem muito explicar*
*Eu só sei que falava e cheirava e gostava de mar*
*Sei que tinha tatuagem no braço e dourado no dente*
*E minha mãe se entregou a esse homem perdidamente.*

*Ele assim como veio partiu, não se sabe pra onde*
*E deixou minha mãe com o olhar cada dia mais longe*
*Esperando parada, pregada na pedra do porto*
*Com o seu único e velho vestido, cada dia mais curto.*

E a canção continua, deixando de falar do pai ausente e da mãe abandonada que embrulha o filho numa espécie de manto e o embala com cantigas de cabaré, para nos contar que o rapaz cresceu no porto, entre brigas e amigos, e se chama Menino Jesus.

Com versos simples e sábios, Chico Buarque faz o retrato da mulher latina; a mulher que entrega o seu corpo sem pensar, que se abandona ao amor por um homem para depois ser abandonada por ele, que cuida dos filhos quando fica só, que espera *parada, pregada na pedra do porto*. Como eu.

ESPERO por ti porque acho que podes ser o homem da minha vida. E espero por ti porque sei esperar, porque nos genes ou na aprendizagem da sabedoria mais íntima e preciosa, há uma voz firme e incessante que me pede para esperar por ti. E eu gosto de ouvir essa voz a embalar-me de noite antes de, tantas e tantas vezes, te encontrar nos meus sonhos, e a acalentar-me de manhã, quando um novo dia chega e me faz pensar o quão longa e inglória pode ser a minha espera.

Afinal, por que espero por ti com tanta fé e certeza, se o teu trabalho é noutra cidade, se nem sabes se queres voltar para o teu país, se há vinte anos apenas visitas a minha cidade para passar férias, para ver a família e os amigos e trinchar o peru no Natal, se tens uma namorada no país onde vives?

O teu irmão, que faz tanto parte da minha vida como tu, diz que a namorada é o menos importante, porque nunca a amaste verdadeiramente, é apenas alguém que te faz companhia, com quem nunca fizeste planos nem partilhaste sonhos, aquilo a que, usando a ironia como última arma, se chama *um erro à espera de vaga*. Só que agora cheguei à tua vida e não há vaga nenhuma.

Na minha há uma vaga imensa e incerta, que vou ocupando como quem fia tapetes, porque espero que um dia regresses à cidade onde Ulisses descansou e percebas que é aqui a tua casa.

*Home is where they understand you*, escrevi-te um dia e expliquei-te que, quando andava à procura do meu lugar no mundo, percebi que essa era a chave do problema.

Sabes que já fui muito parecida contigo? A minha sede insaciável de viajar fazia-me imaginar que cada cidade que conhecia podia transformar-se na minha nova casa; sonhava que seria capaz de lá viver e deliciava-me com a ideia de ter múltiplas e paralelas existências. O tempo, a maternidade, a velhice gradual mas irreversível dos meus pais, a morte de alguns amigos e o apego ao meu trabalho mostraram-me que o meu lugar era aqui.

Portugal é a minha terra e Lisboa a minha casa. E quando acordo de manhã e abraço o rio, sinto uma paz merecida, a tranquilidade daqueles que aprenderam a viver com os seus medos e dou graças à vida por me ter mostrado o lugar onde pertenço. Demorei muito tempo a perceber onde me sentia feliz. Não parei de correr por cansaço ou por não saber para que direção seguir. Acredito que de uma forma natural e irreversível, fui descobrindo que era aqui que era feliz, que preciso de sol para viver em paz e da respiração do Atlântico para me sentir completa, plena.

Se voltasses para Portugal e acordasses hoje ao meu lado, irias ficar espantado e feliz com a vista da minha janela; por entre uma névoa inconsistente, o sol já brilha e passam apenas poucos minutos das oito da manhã. Mais um inverno cheio de sol vai chegar e depois virão uma primavera rápida e florida e um verão alegre, feito de mergulhos, dias na praia e almoços de peixe grelhado e sangria, seguido de um outono diáfano e acolhedor. Gosto de sentir a mudança das estações, porque me sinto a crescer de ano para ano, às vezes apenas em meio ano, quando olho para trás e vejo quanto mudou a minha vida.

Há um ano, estava sentada nesta mesma mesa a escrever, mas não estava só. Tinha um homem ao meu lado com quem pensei que iria viver até ao fim dos meus dias. Foram dois anos de um amor tranquilo, construído com paciência, dedicação e verdade. Fui muito feliz durante esse tempo, talvez muito mais do que no meu casamento. Cada dia era um monumento à paz e à harmonia e posso dizer-te sem qualquer pudor que era um amor feito só de amor e cheio dele.

Há poucas relações assim. As pessoas ficam juntas pelas razões erradas; para esquecer outras pessoas, para mudar de vida, porque acham que chegou a altura de fazer o que todos esperam que se faça; casar e ter filhos. Raramente ficam juntas de uma forma livre e totalmente sincera. Raramente se unem de uma forma pura e verdadeira, por amor.

Nunca se falou tanto e tão abertamente de amor e casamento e no entanto nunca um e outro foram tão banalizados. A sociedade de consumo transformou um e outro em produtos acessíveis e os tempos modernos vendem-nos como se viessem juntos na mesma embalagem. A ideia do amor como sinônimo de casamento, e este, um passaporte para a felicidade, tornou-se uma indústria para a música, a literatura e o cinema.

Durante milênios nenhuma sociedade caiu nessa ratoeira; o casamento servia para fins comerciais ou de sobrevivência. Viola não casa com William em *Shakespeare apaixonado* porque ele é poeta e pobre. Em vez disso, casa com um duque para que o seu pai compre a sua posição na sociedade com o dinheiro do seu dote. Os dois amantes lendários e perfeitos um para o outro teriam que ser os dois muito ricos, de outra forma nunca seriam livres. Ou talvez apenas muito pobres, porque o dinheiro é como o poder e a fama, estraga mais do que acrescenta e acaba por se tornar numa forma sutil, mas devastadora, de prisão para o espírito.

Até ao século XX o casamento raramente se combinava com o amor, por isso o amor cortês, secreto, platônico e poético se tornou tão popular. O casamento era uma coisa e o amor era outra. As senhoras casadas tinham direito a ser cortejadas e o amor cortês tinha todos os encantos do amor proibido sem nenhuma das suas máculas; à varanda, nenhuma rapariga podia ser possuída ou violada. A não ser que o rapaz subisse pela trepadeira, o que aconteceu com certeza muito mais vezes do que a história conta. A regra de ouro era manter o segredo, de outra forma o amor cortês perdia todo o seu encanto assim que era revelado, desmascarado, tornado público. Já pensaste que hoje é ao contrário? Toda a gente torna públicos os seus amores, como se a verdade só subsistisse com o conhecimento de terceiros.

As convenções sociais, as barreiras erguidas pela religião católica, o medo e a culpa sempre presentes na existência dos homens tiveram efeitos devastadores e perversos na construção da gênese amorosa; o sexo foi, de uma forma ou de outra, sempre visto como algo proibido, e ainda que atenuado como expressão de um amor, era sempre o amor carnal, a prática de um pecado cujo castigo seria cumprido com a expiação na terra, ou com um bilhete de ida sem volta ao inferno depois da morte. E apesar disso, ou, quem sabe, exatamente por isso, os homens e sobretudo as mulheres nunca desistiram do amor.

Não quero desistir do amor, por isso é que me deixei levar neste amor por ti. Mas será mesmo amor? Não será esta loucura por ti apenas um reflexo do meu pânico perante uma realidade inesperada e incômoda que nunca quis aceitar e que ainda hoje me atormenta?

Quando te vi pela primeira vez, estava a viver um dos dias mais sombrios de toda a minha vida. Conhecemo-nos por acaso, em casa do teu irmão, onde me tinha refugiado depois de uma discussão com o meu, ainda, namorado.

Há discussões que, por mais violentas que sejam, sabemos que depois se dissipam como poeira e não deixam marcas. E há outras que mudam para sempre a nossa vida. Trocas de palavras que são como diagnósticos de graves doenças; o que fica por dizer é muito pior do que tudo o que se disse, mas há um medo tão grande de enfrentar a verdade que se deixa subentendido aquilo que é demasiado duro para ser dito. Tinha tido uma dessas discussões e, pior do que isso, tinha percebido, quando a discussão acabou, que a minha relação também tinha acabado, que entre nós já não havia entendimento possível, que a minha mais bela e certa e segura e tranquila história de amor, a única que tinha vivido como possível, que não era fruto da minha imaginação delirante ou da minha persistência de camelo no deserto, estava irremediavelmente perdida.

Foram dois anos da minha vida com ele, sonhos e viagens, muitos beijos e muitas conversas, uma vida partilhada que acreditei ia ser a *minha* vida, até ao fim da vida. Um amor tão grande não pode morrer assim, em poucos meses, pois não? Ainda hoje não sei por que é que esse amor acabou.

Ainda hoje me faço essa pergunta, sem conseguir obter uma resposta. Infinitas vezes a fiz ao meu antigo amante, mas as razões que ele me dava pareceram-me sempre absurdas. Disse-me que não se sentia feliz ao meu lado e que pensava que nunca me iria fazer feliz. Pelo menos da forma que ele pensava que eu queria ser.

O maior obstáculo da alegria é muitas vezes a ambição a alegrias maiores. Ele sonhava com uma relação perfeita e foi isso que matou a nossa relação e, mais tarde, o nosso amor. As respostas dele em forma de ilações abstratas ainda me deixaram mais desconsolada; como é que ele desistia de um amor real e vivido em função de uma ideia? Como diz o Tom Jobim, *Eu quis amar mas tive medo,/ e quis salvar meu coração,/ mas o amor sabe um segredo,/ o medo pode matar o seu coração.*

O medo, essa força misteriosa que nos rouba a alegria e o sonho, devia vir no dicionário como antônimo de vontade. O medo é como um terreno minado; nunca o atravessamos mesmo que do outro lado estejam todos os nossos desejos. Ou talvez ele fosse minado por outra grande ilusão da sociedade moderna; talvez procurasse de tal forma a perfeição que nada lhe chegava para ser feliz. De qualquer forma, estas respostas vagas e tão imprecisas só me confundiram ainda mais. Não que ele não tivesse direito a elas; eu é que nunca as soube aceitar.

A prudência dir-me-ia que não devia contar-te tudo sobre mim e ainda menos falar dos meus antigos amores. Diz-se que os homens não aguentam a competição e gostam de acreditar que a mulher que amam lhes cai nos braços quase virgem. Pode ser assim com muitos deles, mas tu és diferente. Tu aceitas-me como sou, da mesma forma que eu te entendo e aceito com todos os teus defeitos. De que me serve escrever-te esta carta se não abrir o meu coração de uma forma incondicional? Somos o nosso passado e ignorá-lo ou escondê-lo é uma forma de covardia.

Naquela tarde terrível de setembro, sob um calor abrasador, fiquei fechada dentro do carro à porta do escritório dele sem conseguir fazer qualquer movimento, como se o mundo à minha volta, tal como o conhecera, tivesse sido destruído por um intenso terremoto e não tivesse ficado pedra sobre pedra.

Durante dois anos amara aquele homem e quisera tanto acreditar que ele era o último homem do mundo para mim que essa ideia se apoderou da minha cabeça, do meu corpo e do meu coração. A repetição dos mesmos gestos acaba por nos impregnar deles. Tudo em mim se habituara a ele; o meu corpo, o meu coração, os meus olhos, o meu sono. E agora, que ele estava a sair da minha realidade de uma forma irreversível, era como se me arrancassem os membros, sentia-me paralisada, perdida, sem saber para onde ir, assustada e ferida, sem sequer acreditar no que me estava a acontecer.

Foi então que a divina providência apareceu via telemóvel. Ouvi a música do toque e li o nome do teu irmão no visor. Se fosse uma pessoa pouco próxima, nem sequer teria atendido, mas o teu irmão e eu temos um fio invisível que nos une e eu gosto muito dele, quase como um irmão, por isso atendi.

Mal conseguia falar, senti-me como uma criança em estado de choque depois de um acidente;

balbuciava frases sem nexo entre soluços descontrolados. O teu irmão percebeu imediatamente que algo se passara e disse-me para ir ter com ele. Eram cinco da tarde e eu fui.

Chorei muito mais do que falei. Sentei-me no sofá e deixei-me afundar na minha tristeza. Lembro-me de lhe ter dito que talvez seja uma mulher fora do meu tempo porque continuo a esperar das relações amorosas um espírito de compromisso e de continuidade que já não reconheço nos outros.

Acredito que esse é um dos segredos perdidos do mundo moderno, assim como acredito que as lágrimas possuem um efeito curativo e que sem dor nada se trata. O teu irmão estendia-me os *kleenex* com aquela leveza e graça que tão bem conheces e, cada vez que eu parava de chorar, ia à cozinha buscar mais chá, mais torradas e queijos, mais compotas, para me ir empanturrando e distraindo, enquanto me abraçava e me fazia rir com pequenas histórias, até me conseguir apaziguar.

Quando finalmente acalmei, anestesiada de tanto mimo e guloseimas, agarrou-me nas mãos e disse:

— Agora, janta comigo. Nem pense que a vou deixar ir embora neste estado.

E foi a primeira vez que me consegui rir em muito tempo, porque não preciso de te dizer que o fim daquele amor, como tantas vezes acontece, já se fizera anunciar de outras formas, pequenos gestos e grandes silêncios que se encostam à garganta como pedras para nos roubar o riso e a esperança.

Como moras há muitos anos fora de Portugal, o que sabia sobre ti era muito pouco. Às vezes ouvia o teu irmão falar do outro único irmão com um ar *muito inglês*, que vivia fora desde os treze anos. Sabia que eras muito bonito. No quarto do teu irmão há uma fotografia tua, quando eras ainda adolescente, tirada no verão, com o cabelo molhado e uma iguana a subir-te pelo braço. Apesar de teres o olhar distante, algo me prendeu e senti vontade de conhecer quem estava naquela imagem. Não sabia quando isso iria acontecer, mas intuí que, mais cedo ou mais tarde, me iria cruzar contigo.

Só me lembrei dessa fotografia semanas depois de te ter conhecido, por isso, quando assomaste à porta, com a tua eterna mala de viagem de executivo, suficientemente grande para caber lá dentro a tua vida e suficientemente pequena para poder subir contigo na cabine do avião, fui invadida por uma sensação de estranha e confortável familiaridade, tão natural quanto assustadora, de tal forma que, quando fomos apresentados e disseste que já me conhecias, me senti perplexa por não saber como nem onde nos tínhamos cruzado.

Nunca tive premonições nem ligo nenhuma a essa conversa fiada do destino. Acho que cada um tem o seu destino nas mãos e somos nós, e só nós, responsáveis pelo que nos acontece. Mas também sei que o acaso, por vezes tão duro e cruel que é como se Deus se recusasse a assinar por baixo, também pode trazer-nos a fortuna à porta. Basta deixá-la entrar.

Sempre gostei do teu irmão, mesmo quando não o conhecia tão bem como agora. Criamos laços muito fortes, quase diria acima da amizade; um conforto ímpar, que só existe entre pessoas que, tendo ou não o mesmo sangue, se sentem da mesma família. Por mais estranho que pareça, também sentimos o mesmo um com o outro, desde o instante em que nos conhecemos. É engraçado, não é?

Fecho os olhos e consigo imaginar-te com três anos, depois com sete, depois com dez, com quinze, até chegar à tua idade. Quando gosto muito de alguém, é como se mergulhasse na cabeça da pessoa e viajasse dentro dela, percorrendo o seu passado e adivinhando o seu futuro. E quase sempre acerto no que vejo e quase sempre me alegro com o que conheço.

Durante o jantar ainda ensaiaste alguma cerimônia, mas pedi-te para me tratares por tu, porque te senti muito próximo. Reconhecendo à partida o teu estilo distante, próprio dos tímidos, talvez tenha sido uma provocação. Ou talvez por isso mesmo, não hesitei. Afinal lembravas-te mesmo de mim, há alguns anos, no Chiado, o coração da minha cidade: trocamos meia dúzia de palavras num *cocktail* e depois nunca mais me viste. Já eu, por mais que me esforce, não tinha de ti qualquer memória, a não ser a imagem difusa da fotografia no quarto do teu irmão. A minha imaginação fértil reconstrói vezes sem conta a tua imagem abençoada cuja recordação gosto de inventar para meu deleite e consolo nos dias em que a tua ausência se torna mais pesada no meu coração.

Se viajar até essa época, sei que estava triste; tinha-me separado há pouco tempo e embora o sonho tão desejado de me realizar profissionalmente se aproximasse cada vez mais, dando-me uma sensação de alegria misturada com estranheza, não tinha com quem o partilhar. O destino, inseparável da ironia, proporcionara-me a realização de um sonho ao mesmo tempo que me fazia pagar a fatura com o fim do meu casamento: estava separada há alguns meses e sentia-me terrivelmente só. Vivia rodeada de amigos de infância, atenciosos e vigilantes, mas o regresso a casa era cumprido em silêncio e na solidão. Sabia que não tinha falhado e que o fim do meu casamento era inevitável, mas a dor da perda não diminui com a lucidez nem se dissipa na razão. A dor tem vida própria e só o tempo e a generosidade da existência a podem apagar.

Já passaram sete anos e não sei se o tempo curou a tristeza, mas quero acreditar que sim, que o passado não me pode prender, que somos mais fortes do que as nossas desilusões.

Poucas pessoas tiveram na vida tanta companhia como eu; fui criada numa casa cheia de amor e tenho os melhores amigos do mundo que me ajudam a pensar, a lamber as feridas, a escolher novos caminhos e a crescer. Mas penso demasiado em tudo, tenho sempre coisas para dizer aos outros e sei que os outros nem sempre têm tempo ou paciência para me ouvir.

Temo que todas as palavras que escrevo não passem de fragmentos de uma confissão. Fico sempre com a sensação que falta o essencial, que o mais importante ficou por dizer. Preciso de me sentar todos os dias ao computador e escrever, quase compulsivamente, mesmo que não tenha um livro em mãos. Habituei-me à companhia das palavras, ao silêncio da casa, ao mar da minha janela, aos meus discos de jazz e de música clássica, únicos intrusos admitidos nos momentos de peregrinação interior, que é afinal o que tento fazer quando estou a trabalhar. Não é vontade, é necessidade. É por isso que os músicos tocam, que os pintores pintam, que os escultores esculpem, que os atletas correm; porque precisam. E eu, que em criança metia conversa com toda a gente — a minha mãe conta que uma vez, num passeio pela Nazaré, me perdeu de vista por alguns momentos e, quando voltou a encontrar-me, estava a comer sardinhas assadas com a mulher de um pescador e a contar-lhe a minha vida —, que falo com as árvores e com as pedras da rua, preciso de me fechar todos os dias e escrever.

Naquela noite, depois de um jantar descontraído que me fez sentir melhor, levei-te ao hotel. Apetecia-me ter ficado a conversar contigo até de manhã, mas a tua postura discreta e retraída não me permitiu sugerir sequer que bebêssemos um copo. No dia seguinte, disseste-me que te tinha apetecido exatamente o mesmo, porque comigo te sentias em casa. *Em casa*, disseste tu. Eu também me senti em casa contigo dentro do carro, a tua voz era-me familiar, o teu olhar, a forma como falavas, as palavras que escolhias... até as hesitações no teu discurso me pareciam familiares. Nunca me acontecera isto antes, pelo menos de uma forma tão intensa e inequívoca. Tenho algum talento para encontrar pessoas com quem descubro quase instantaneamente múltiplas afinidades, mas o que senti naquela noite era diferente, muito mais profundo e, no entanto, infinitamente mais simples. Como se fizéssemos parte da vida um do outro desde sempre e a existência, por uma misteriosa razão, tivesse separado o que devia ter unido. Talvez a minha visão seja demasiado poética, exagerada, mas o amor é isto mesmo, ou se vive sem limites, ou então não vale a pena. Somos muito parecidos, embora eu seja o avesso do teu avesso. E é no mínimo curioso sermos os dois do signo Gêmeos.

Adorei-te logo, desde o primeiro instante, mas fiquei quieta, não quis que percebesses. Pensei convidar-te para uma última bebida, mas temi que me achasses precipitada, só porque tínhamos jantado juntos em casa do teu irmão e te tinha oferecido boleia para o hotel.

O que eu queria era ficar contigo todos os minutos possíveis como acontece aos apaixonados, mas também queria fazer tudo bem-feito e por isso contive-me, deixando o momento respirar e sonhar contigo acordada, desejando que fizesses o mesmo.

Ao ver-te entrar no hotel com a mala de rodinhas, achei-te uma pessoa só e um pouco triste, com uma tristeza muito semelhante à minha, profunda e silenciosa, que desejamos esconder dos outros, não vão tomá-la como uma falha de caráter, e apeteceu-me dar-te o meu tempo e a minha companhia. Guiei em silêncio até a casa, a pensar na impressão que te causara e desejei ardentemente estar à tua altura.

Sei que te vais rir quando leres estas linhas. Como é que eu podia duvidar de estar à tua altura, quando tu, na solidão do teu quarto de hotel, exausto e inquieto pensaste o mesmo? Porque o amor é mesmo isto; olhamos para o objeto amado no pedestal onde nós o colocamos, como um sonho impossível, uma nuvem que quase se consegue tocar, uma imagem à qual queremos ascender, uma miragem na qual desejamos mergulhar para sempre. Apaixonamo-nos para nos podermos elevar do mundo como ele é, dos seus cinismos e da sua brutalidade inevitável. O amor serve para voar por cima das coisas más.

O amor transforma os homens em heróis e as mulheres em fadas. E o meu amor por ti dá-me asas para sonhar, arriscar, descobrir, rir, sentir e, mais importante do que tudo isso, escrever. Os poetas falavam das musas porque eram homens. Se fossem mulheres, teriam certamente os seus musos, como tu.

No dia seguinte, encontramo-nos em casa de outro amigo comum, o Miguel. O teu irmão tinha-me convidado para ir jantar com ele e contigo, mas como o convite não surgira de ti, resolvi fazer-me difícil e aparecer só a seguir ao jantar. Estavas sério, um bocadinho distante, mas eu via-te a espiar-me todos os movimentos e nessa noite fiz contigo o mesmo jogo. Quando me despedi de todos os que estavam na sala, pediste para me acompanhar ao carro. Aceitei sem reservas e agarrei-te na mão até à saída do prédio. Quando me sentei no carro, inclinaste a cabeça e disseste:

— Talvez te pareça um absurdo o que te vou dizer, ou mesmo estranho, porque para mim também é, mas ontem, quando me foste levar ao hotel, senti que te podia dizer tudo porque tu irias sempre perceber e aceitar qualquer coisa que te dissesse.

Sabes o efeito devastador que a tua voz tem em mim, não sabes? Deve ser semelhante ao que a minha tem em ti. Ainda hoje, quando falamos ao telefone, nos deixamos ir na voz um do outro, como se pisássemos a estrada dos tijolos de ouro da Dorothy e dos seus amigos, envoltos num mundo só nosso, onde não há horas nem frio nem noite, só a alegria de duas pessoas que se encontram e sabem que o seu encontro pode mudar as suas vidas para sempre.

— Eu também — respondi. E fiz-te o sinal da cruz na testa, não porque acredite em Deus mais do que em qualquer outra divindade, mas porque é um gesto que uso com parcimônia, reservado para aqueles que amo.

No dia seguinte, tínhamos combinado mais uma vez jantar em casa do Miguel, quando, à tarde, nos encontramos no cinema. Como que por acaso fomos ver o mesmo filme à mesma hora na mesma sala. Em Lisboa há mais de cem salas de cinema. Não há coincidências, pois não? Ficamos especados, perplexos, a olhar um para o outro à saída da sala. Fiquei tão atrapalhada que fugi dali, com a desculpa de ir ao supermercado. E tu ficaste parado, no meio da multidão — era fim de semana e o centro comercial estava a abarrotar — enquanto eu desaparecia pelo corredor sem olhar para trás, a abanar a cabeça, ainda sem acreditar que te tinha encontrado na mesma sala, à mesma hora, a ver o mesmo filme.

Nessa noite, não nos largamos durante todo o jantar e ao longo do serão. Estivemos sempre ao lado um do outro, como se respirássemos o mesmo ar. Abri-te o meu coração e tu ouviste-me. Contei-te como me senti triste com o fim da minha relação, partilhei contigo o segredo de querer ter mais um filho e de voltar a sentir-me em família. Perguntei-te se achavas que estava a exigir demais da vida e do meu namorado quando lhe falei nisso, mas tu deste-me razão, como um bom amigo que entende as tristezas de quem lhe é próximo.

Se não estivesse encantada contigo, quase poderia dizer que estava ali o início de uma bela e grande amizade. Mas conheço-me muito bem para saber que não foi como um novo amigo que olhei para ti. Olhei para ti como uma mulher olha para um homem quando o deseja, quando sonha com ele, quando quer entregar-se a ele e senti-lo dentro dela. E quando olhei para ti a primeira vez, houve uma coisa muito mais importante do que o que estava a sentir nessa noite: duas noites antes, ao ver-te pela primeira vez, percebi que o meu ex-namorado, que eu amara tanto, não era o último homem do mundo, tal como o meu marido, que eu amara antes, também não o tinha sido. Afinal havia mais homens e tu eras um deles. E mesmo que tivesses entrado na minha vida só para me mostrar isso, já teria valido a pena.

Mas tu foste, e és, muito mais do que isso.

SE calhar sou doida, sofro da mais antiga enfermidade do ser humano e que ainda nenhum cientista se lembrou de diagnosticar, estudar e classificar como uma patologia: não sei viver sem amor. Preciso de amar e de ser amada para viver sem me deixar engolir pela realidade, sem sentir que estou a lutar para me manter à tona. A vida sem amor é para mim uma questão de sobrevivência, um deserto imenso e assustador, um vazio do tamanho do buraco negro. Porque antes de tudo e depois de tudo, está o amor. E tudo acaba, tudo passa, tudo se desfaz, se desfigura, se dissipa, se enterra ou se transforma, mas o amor nunca acaba, porque é impossível viver sem amor. Mesmo que só existam palavras, o amor vive-se na mesma. A pior coisa é não amar, penso que isso não existe.

Se fosse uma heroína romântica, acabaria tísica num convento de freiras. Felizmente nasci na segunda metade do século XX, e por isso, em vez de me entregar a um destino trágico e estúpido, trabalho, coleciono sapatos e janto fora com os meus amigos.

Tento ocupar-me com tudo o que a vida me vai dando, mas há dias em que o vazio é mais forte, em que as palavras não me saem dos dedos para me acompanharem na solidão do meu trabalho, e no qual só elas me podem acompanhar. Há dias em que me sinto cansada, vazia, esgotada, sem nada para dar. Nesses dias, enrosco-me numa manta como um bicho, desligo o computador e vejo televisão, tentando alhear-me da minha própria tristeza, esperando que o dia seguinte me traga a energia que preciso para trabalhar.

Quando estou aqui sentada, a namorar o mar e a escrever este diário por ti e para ti, porque é mesmo para ti, meu querido, longínquo e quase impossível amor, sinto-me feliz e não me sinto só. Sei que a minha crença inabalável, a minha energia amorosa e o meu desejo eterno por ti irão alcançar-te e tocar-te de alguma forma. Não me perguntes como, mas sinto que é possível. Gosto de acreditar que tenho o dom de tornar realidade as minhas ficções. E, neste momento, tu és a minha mais bela ficção, um sonho que acalento como uma criança que cresce, sabendo que a espera será grande, será arriscada e ninguém sabe se será frutífera. O objetivo não é o mais importante, mas sim o caminho que se percorre para o alcançar.

Somos nós, com os nossos passos, que vamos fazendo o nosso próprio caminho. Há quem corra demasiado depressa e perca a alma no trajeto, há quem mude de ideias e arrisque um atalho, há quem não saiba escolher a melhor direção quando chega a uma encruzilhada, há quem deixe pedras pelo caminho para não se perder, se precisar de voltar para trás.

Não sei que espécie de caminhante sou, para onde vou, não sei. Nem sei para onde vais. Nem tu sabes. Pode ser que um dia acordes com uma luz nova, uma força desconhecida que te vai trazer até mim. Baltasar, Melchior e Gaspar não chegaram a Jesus guiados pela estrela polar num tempo em que não existiam bússolas nem companhias aéreas? Naquele tempo, como agora, só a fé pode vencer todos os medos.

Sei que há uma força estranha que me faz correr para ti, embora nunca, em nenhuma circunstância, corra atrás de ti, porque não posso, não me é permitido interferir no teu destino e mudar o curso da tua vida. Isso, terás que ser tu a fazê-lo, por ti e para ti, se assim o entenderes.

Será que sentes a mesma força? Quero acreditar que sim, mas no fundo começo agora a sentir que não. Assim como sei o quanto me desejaste e o quanto sonhaste comigo durante as infindáveis oito semanas que nos separaram fisicamente.

Depois de três dias a conversar, três noites castas e brancas, voltaste à tua cidade, onde vives há mais de quinze anos. Levaste contigo a minha voz, o meu cheiro, a temperatura da minha mão enroscada na tua como se fossem uma só e dois ou três beijos cheios de encanto e desejo, prenúncio de uma relação ardente e cheia de prazer. Os teus beijos, ou melhor, os nossos beijos, foram os melhores de toda a minha vida. Agora, ao recordar esses primeiros beijos, sinto ainda a magia que vivi. Lembro-me de todos e sobretudo do último, que te recusei com um meio sorriso, enquanto te dizia que o podias guardar e dá-lo à tua namorada, que eu sempre soubera através do teu irmão que existia, mas que tu, por distração ou covardia, te "esqueceras" de mencionar.

Já nesse momento revelaste uma falha de caráter que eu consideraria grave em outras circunstâncias, mas naquela noite estava cega. O amor cega-nos com toda a sua luz e força. Sabemos que estamos cegos, só nunca sabemos o quanto essa cegueira nos pode afastar da realidade.

Nas semanas seguintes, falamos todos os dias. Tu ligavas-me quase sempre à mesma hora do escritório, quando a tarde caía sobre Lisboa e chegavas ao fim das tuas tarefas, antes de ires para casa. Conversávamos muito, nunca menos de uma hora; eu precisava de ouvir a tua voz e tu a minha, tínhamos uma sede imensa de nos conhecermos melhor, de nos apoiarmos e nos entendermos, de sentirmos que tudo o que tínhamos intuído era verdade e se confirmava: a familiaridade, a proximidade sem esforço, a confiança um no outro, a capacidade para sonhar juntos uma coisa que nenhum de nós sabia o que seria, mas em que ambos acreditávamos como se vivêssemos outra vez o nosso primeiro amor. Não estou a exagerar, pois não?

Por vezes também me telefonavas à noite, a hora em que a intimidade se expõe porque se sente protegida pelo escuro, desejávamo-nos como dois adolescentes e dizíamos tudo o que nos passava pela cabeça e pelo coração. Muitas vezes adormeci com o telefone na mão, como se estivesses deitado ao meu lado, ali mesmo, na minha cama, a respirar o cheiro da tua pele. Numa dessas noites, disse-te que era como se os meus presentes de Natal já tivessem chegado e eu estivesse a olhar para eles, embrulhados, a dormir debaixo da árvore. Começaste a rir do outro lado da Europa. Sempre me achaste graça, sempre te derreteste com as minhas histórias, as minhas piadas, as minhas palavras, com a minha forma própria de encarar o mundo e enfrentar a realidade.

Lembro-me do teu olhar fixo, pousado nos meus joelhos, na terceira e última noite antes da tua partida. Estávamos sentados nas escadas do *loft* do Miguel, eu vestia uma saia rodada *beige* e tinha uns sapatos *vintage*, com *collants* transparentes, quase invisíveis. As minhas mãos dançavam sob os teus olhos, enquanto te abria o meu coração e fingia que conversávamos como velhos amigos, mas tenho quase a certeza que a certa altura nem sequer me estavas a ouvir; os joelhos começaram a arder-me. A saia subia e descia levemente, ao sabor dos meus movimentos e era como se o teu olhar a conseguisse fazer subir sozinha.

Sim, meu querido amor ausente, nós desejamo-nos muitíssimo desde o primeiro instante. Desde o primeiro dia em que te vi chegar com a mala de rodinhas. E durante todo o jantar em casa do teu irmão. E quando te fui levar ao hotel. E na noite seguinte, enquanto me observavas. E na tarde em que nos encontramos no cinema. E nessa última noite, em que acabamos num bar a beber copos de água porque não queríamos beber álcool, de onde saímos às quatro da manhã de mão dada, com o pretexto de furar por entre a multidão agitada pelo álcool e outras substâncias.

Sempre acreditei que andar de mão dada é um dos gestos mais íntimos que pode existir entre um homem e uma mulher. Habituei-me a andar de mão dada com o meu pai quando era criança e faço o mesmo com o meu filho. Caminhar ao lado de alguém de mão dada é das melhores sensações do mundo, não achas? É um gesto tão inevitável e natural que se torna impossível fabricar. Tal como os abraços, não há abraços inventados; ou se dão com todo o corpo e de coração aberto, ou então morrem antes dos braços se abrirem. Porque as mãos dadas e os abraços são manifestações de afeto puro e fraternal, são sinais inequívocos de amizade e a amizade é um sentimento muito mais honesto do que o amor ou a paixão.

O amor enquanto paixão é um sentimento muito traiçoeiro. Podemos sentir durante semanas ou meses ou anos que nada é mais certo e verdadeiro, e um dia, por uma qualquer razão pouco relevante, ou mesmo sem motivo, ele desfaz-se, dissipa-se, escapa-se da nossa vida, escorregando como água por entre os dedos, fugindo para sempre.

Já senti o amor a fugir-me algumas vezes. Outras, vi-o a agonizar debaixo dos meus olhos como um pássaro ferido, e morrer ali mesmo, sem que pudesse fazer nada para o salvar. Às vezes, o amor mata o amor e é horrível. Não sei se já passaste por isso. É das piores sensações que um ser humano pode viver. Como escreveu um dia Truman Capote, *a morte de um sonho é tão triste e dolorosa como a própria morte, merece por isso o respeito e o luto daqueles que a sofrem.*

O meu casamento acabou assim. Quatro anos da minha vida a lutar por uma relação sem esperança, sem alegria, sem paz nem entendimento. Imagino-te a perguntar: mas então, por que é que durou tanto tempo? Porque havia amor. Porque havia um filho. Porque a única pessoa no mundo mais teimosa e obstinada do que eu era o meu marido. Nunca conheci ninguém assim e provavelmente nunca mais vou conhecer. Tão mau feitio e tão bom coração na mesma e única pessoa.

Deves estar a perguntar-te se fui feliz. Não te vou dizer que não fui, porque vivi grandes momentos de felicidade. Sabia que podia confiar nele, sabia que ele me amava como uma deusa; para ele, eu estava acima de todas as mulheres. O pior era a visão que ele tinha do mundo, como se o mundo fosse um lugar horrível. Não foi o amor obsessivo por mim que matou o nosso amor; foi a falta de amor-próprio dele. E a falta de entendimento na forma de olhar para os dias.

Pode haver amor sem entendimento? Claro que pode. Assim como pode haver o maior entendimento sem uma réstia de amor. O que é verdadeiramente difícil é conseguir juntar as duas coisas.

Sei que acreditas em mim se te disser que tentei salvar o meu casamento, que lutei com paciência e determinação. Lutei até aceitar que não iria ser feliz. Só desisti anos mais tarde, quando as forças se esgotaram e entendi que precisava de as ir buscar dentro de mim para me reconstruir sozinha.

Quando o meu casamento acabou, a primeira sensação que me invadiu foi a de mudança. A dor da perda, a tristeza de um sonho feito em cacos, o desalento de quem perdeu o jogo na última rodada, ao nascer do dia, foi apenas uma parte da verdade. A outra parte, que até hoje prevalece na minha razão, foi a certeza de saber que nunca seria feliz com ele e que a mudança era uma questão de sobrevivência. Uma pessoa só sabe que chegou ao fim quando já passou por tudo e sobreviveu.

Toda a tristeza e toda a saudade migraram para o meu subconsciente e só agora, tantos anos depois, vão dando tênues sinais de vida, quando ele aparece nos meus sonhos.

Sei que podes ficar aborrecido se te disser que vocês são parecidos. Não em personalidade, mas fisicamente, na cor da pele, no tom de cabelo, de um raríssimo e original loiro acinzentado, no olhar muito claro e triste, quase sempre ausente e cansado. Só que ele é a guerra e tu és a paz. Ele chama o conflito e tu não aguentas discussões. Ele era de extremos e tu procuras sempre o equilíbrio. Sendo o oposto em tantas coisas, possuem a mesma candura perante o amor, a mesma generosidade e o coração do mesmo tamanho.

E como é que sei tudo isto? Porque acredito possuir o mapa secreto daqueles que amo. E tenho o teu mapa dentro da minha cabeça e do meu coração. Todos os dias o estudo e todos os dias acompanho as suas mudanças. E mesmo quando, por pudor ou cerimônia, as guardo para mim, estou atenta e vigilante, porque eu sei que tenho um papel na tua vida e sei que tu tens um papel na minha. O meu, já o sei de cor. O teu, nem tu nem eu fazemos ideia, mas um dia, chegaremos lá.

Passaram-se dois longos meses até te voltar a ver. Quis ir ter contigo, mas ignoraste diplomaticamente as minhas tentativas de ir ao teu encontro. Quem sabe se em Londres não serás outra pessoa, com uma personalidade alternativa que pinta o cabelo de ruivo e se veste de forma estranha. O que é certo é que sempre que te falava no assunto, tu fingias nem ouvir as minhas sugestões de te visitar na tua cidade, como se se tratasse de uma invasão. E quando estava quase a desesperar, revoltada com a altura dos teus muros, telefonaste-me, eufórico, a anunciar que vinhas a Lisboa cinco noites. Cinco noites e quatro dias inteirinhos, cada um com vinte e quatro horas, cada hora com sessenta minutos, cada minuto com sessenta segundos. Não imaginas o que eu consigo fazer em sessenta segundos; consigo meter o mundo lá dentro, se estiver muito inspirada. E tu inspiras-me muito, inspiras-me ainda hoje, em que os dias de silêncio tomaram o lugar dos dias em que, de uma forma ou de outra, te sentia próximo de mim.

Agora tenho medo de me começar a esquecer desse tempo, por isso escrevo-te sabendo que só lerás esta carta muitos meses depois das minhas palavras, sabendo que as escrevo já não para ti, mas em nome de uma vontade mais forte do que eu, uma vontade que me domina e transfigura, a mesma vontade que tive em te tocar o coração, quando desceste do avião e te abracei durante muito tempo e voltei, mais uma vez, a sentir-me em casa, a sentir que estavas em casa, a sentir que de alguma forma pertencíamos um ao outro.

Antes de chegares, ouvia o coração na garganta como um tambor descontrolado e se alguém olhasse para o lado esquerdo do meu peito conseguiria ver o movimento sincopado do coração, provavelmente do dobro do tamanho habitual a empurrar a minha camisa cor-de-rosa, tapada por um casaco curto.

Queria estar muito bonita para ti, queria que, quando descesses a rampa por onde descem aqueles que visitam Portugal ou simplesmente regressam a casa, me visses bela e feliz, a transbordar de luz por estar à tua espera.

Disseste-me que estava muito bonita, que sempre me tinhas visto muito bonita, mesmo no primeiro dia em que a tristeza me toldou o habitual brilho no olhar de que tanto falavas e que te prendeu desde que o sentiste na pele. Se estava bonita era porque me sentia muito feliz. Nada ilumina melhor uma mulher do que a paixão.

O sobressalto só durou até te ver; depois do primeiro abraço o mundo tornou-se de novo um lugar seguro e voltei a sentir a mesma paz, a mesma tranquilidade, como se a ordem natural das coisas fosse ter-te ao meu lado.

Tu viajas muito e estás habituado a fazer tudo sozinho, por isso ficaste sensibilizado com o meu gesto de te querer ir buscar. Se me conhecesses um pouco melhor, saberias que quando gosto de uma pessoa, não descuro o mais pequeno gesto com o qual a possa ajudar, mimar e proteger. Acredito que o amor, nas suas variadas formas, se manifesta nos mais pequenos gestos.

*Não há pequenas coisas nem grandes coisas, todas são importantes.* Oscar Wilde. Sabes que ele escreveu inúmeras cartas de amor ao seu amante enquanto esteve preso e ele nunca lhe respondeu? Ao livro onde as cartas estão publicadas chamou-lhe *De Profundis*. Gostava de to oferecer, como fiz com o *Sidarta* do Hermann Hesse, na esperança de te dar algumas pistas para o teu caminho, que imagino solitário, cada vez mais solitário e agora cada vez mais afastado de mim...

Onde estás, meu querido? Por que trocaste as nossas conversas pelo silêncio? Por que te escondeste atrás da distância, depois do que vivemos juntos?

Esses cinco dias foram inesquecíveis. Dormimos todas as noites juntos e aproveitamos a companhia um do outro o melhor que pudemos. E fizemos aquelas coisas deliciosas que só os apaixonados fazem: fomos às compras, jantamos fora, passeamos pela cidade, bebemos chá, sempre de mão dada, sempre. Tu és o único homem que conheço que andou sempre de mão dada comigo. E quando digo sempre, é sempre; bastava-nos sair do quarto do hotel para me dares a mão, mesmo antes de descer no elevador e chegar ao *lobby*.

Tenho saudades desses dias em que vivi como num sonho, sabendo que a realidade era bem diferente, que na semana a seguir à tua partida iria cair do céu aos trambolhões e o meu lado racional e cartesiano — que afinal também tenho, não é espantoso? — iria começar a pôr tudo em causa.

Lembras-te de irmos jantar ao Bairro Alto? Disseste-me que o que mais gostavas era de estar comigo, de nos sentarmos à mesa e conversar infinitamente, de sentir que podíamos fazer tudo juntos. Nessa mesma noite o teu irmão foi lá ter conosco. Estava muito feliz por nos ver juntos e como te adora e tem sempre saudades tuas, deu-te a mão num sinal espontâneo e generoso, tão típico dele. E depois, pelas mesmas razões, deu-me a outra mão. Quando demos por nós, estávamos os três de mãos dadas à mesa e começamos a rir, porque sentimos quão séria e profunda era a nossa união. Até nisso somos parecidos; usamos o riso como defesa, para nos defendermos de coisas graves, ou, neste caso, muito sérias. Parecíamos três irmãos. Deve ser porque no fundo é como se fôssemos.

Nesse mesmo fim de semana fomos jantar a casa de um amigo meu e do teu irmão e acabamos a noite a dançar. Tu estavas um bocado tocado, mas mesmo assim, nunca conheci no mundo melhor dançarino do que tu.

Sabes que aprendi a dançar com o meu pai, quando tinha cinco anos? Os meus pais sempre foram dançarinos exímios; a minha mãe ainda hoje, se lhe pedirmos, põe uns sapatos de salto alto só para dançar com o meu pai. Às vezes dançam a pedido dos filhos e netos, em dias de festa, para deleite de todas as gerações da família. Hoje em dia, é muito raro encontrar um par. Há poucos homens que sabem dançar. E nenhum como tu.

Essa noite foi das mais divertidas de toda a minha vida. Adormeceste a falar — quando bebes ficas com a corda toda, dizes tudo o que te passa pela cabeça —, vestido com um pijama antigo que comprei há alguns anos na Tailândia, muito piroso, de seda azul-escura povoada de ursos. Eu ouvia-te na casa de banho a rir perdidamente enquanto lavavas os dentes e de repente imaginei-te em miúdo, com oito anos, meio índio meio bandido, na quinta onde cresceste à solta como um bicho.

À noite, antes de adormeceres, voltei a viajar para dentro dos teus olhos enquanto revisitavas o meu corpo pela última vez e tentei em vão encontrar uma chama no teu olhar.

E tu sabes amar uma mulher. És meigo, cuidadoso, envolvente, terno, e já te disse que dás os melhores beijos do mundo. Mas os teus olhos são um mistério em estado líquido, tens o olhar cansado de quem cresceu depressa demais e ainda não sabe bem que terreno pisa, como se o mundo inteiro conspirasse para te ver errar.

Como te amo muito, consigo ver-te mais alto e mais forte do que alguma vez imaginaste ser e por isso, ao contrário de ti, nunca me passaria pela cabeça pôr-te à prova ou exigir-te o que quer que fosse. Em vez disso, mato o tempo a imaginar-te quando eras um miúdo, o cabelo farto e despenteado, pendurado nas árvores com o estômago cheio de bagas venenosas misturadas com botões de rosa, enquanto o teu irmão passeava os cães à trela e se imaginava embaixador ou príncipe.

Depois um dia caíste, partiste o colo do fêmur e ficaste vários meses de cama, os pesos como uma cruz a endireitarem-te os ossos, até que te entalaram a alma em gesso durante seis meses. Deve ter sido aí que a vida te obrigou a crescer e começaste a viajar para dentro.

Imagino-te a olhar para as árvores onde outrora vivias e a morder a boca de raiva e de tristeza, vejo-te já um bocadinho míope, magro e alto para a idade, prisioneiro da tua imobilidade, tentando adivinhar o dia em que voltarias a pisar os dois pés no chão sem a dor da queda, o inferno dos pesos, a cruz do gesso, o medo de falhar.

O que não sabes é que me aconteceu uma coisa parecida com a mesma idade: tive uma febre reumática que me obrigou a ficar de cama um verão inteiro, desde o primeiro dia de férias, e depois impossibilitada de correr, brincar, pular, subir às árvores e dar mergulhos durante mais três verões.

Só as crianças é que sabem quanto tempo dura cada verão; é como uma vida, uma eternidade, um delírio infinito, o cheiro da terra, o sal do mar a trepar pelo nariz, o roçar lânguido da areia na barriga, o sol a acariciar-nos as costas e a planta dos pés, o prazer de fazer todas as descobertas e de sentir todos os medos, os amigos da praia e as tardes passadas a fazer piruetas e bombas na piscina, os sanduíches de queijo e fiambre em pão saloio regados a baldes de Tang — um dos muitos segredos da nossa infância, basta juntar água e ficamos sem sede, todos cor de laranja por dentro —, as noites estreladas, o latir dos cães ao longe, a lua cheia, tão cheia que parecia que ia cair, o verão de todos os nossos contentamentos, e tu de gesso e eu estendida, com a mesma idade, a aprender a saborear a solidão, enquanto acumulávamos uma vontade férrea e incontrolável de mudar as nossas vidas quando nos conseguíssemos mexer.

Mais de vinte anos depois, olhas para trás e visitas na tua memória todas as árvores em que viveste. Ainda te sentes o pequeno índio devorador de bagas, mas na boca há um travo de vazio, de solidão, o peso de não pertencer a um sítio, uma terra, um país, um lugar a que chames casa, uma rotina escolhida no fim de um caminho.

Apetece-me ir-te buscar e resgatar-te para a terra onde o sol brilha quase todo o ano e o mar é azul, mas fico quieta, à espera que os bons ventos da mudança te tragam um dia. E da minha janela encantada onde os dias se colam uns aos outros como num sonho azul, lanço-te as minhas tranças como a Rapunzel, esperando que um dia passes por perto, montando num cavalo branco, vestido de príncipe, e me venhas visitar e contar-me ao serão como é o mundo lá fora e o que te fez voltar.

Mas até lá, quero que dês a volta ao mundo, que percebas que ninguém te exige nada, que além de seres o teu maior carrasco também podes ser o teu melhor amigo, que a vida é muito comprida e o melhor ainda nem começou, que quem gosta mesmo de ti saberá aceitar a tua partida, ou receber-te de braços abertos na chegada desta e de outras viagens, das que te fazem apanhar três aviões seguidos ou te fecham em casa três dias a pensar no que queres fazer, enquanto continuas a viagem imensa, intensa, violenta e maravilhosa que é a vida daqueles que querem crescer e ser, a cada dia que passa, pessoas melhores.

O amor é isto, dar espaço e tempo a quem se ama, saber esperar, saber estar quieto, saber abrir os braços sem pedir nada em troca, como as mães fazem com os filhos e os animais com as crias. A quietude é uma das normas do mundo.

DEPOIS da tua partida, percebi que não querias voltar para Portugal. Viveste demasiados anos fora, tornaste-te um estrangeiro e a tua terra já não é esta. Uma semana depois disseste-me isto ao telefone e foi quando finalmente percebi que tinha vivido um sonho. Um sonho tão perfeito, real e desejado, que me recusava a abandoná-lo. Nesse domingo, ao final do serão, enquanto a tua voz bem-colocada e suave me enfeitiçava, o confronto com a realidade obrigou-me a sair da nuvem.

Tinha vivido um sonho maravilhoso e agora via-me obrigada a acordar, por isso chorei sem vergonha nem pudor, chorei como choram as crianças quando veem partir alguém que amam ou outro menino lhes parte o brinquedo preferido. A vida é um sonho, é o despertar que nos mata. Naquele serão, morreu um bocado de mim, mas mesmo assim decidi que não ia desistir. Ainda não, era demasiado cedo.

Não se entra duas vezes na mesma nuvem, mas o amor nunca acaba quando queremos. O amor é misterioso no seu nascimento, ainda mais misterioso no seu crescimento e insondável na sua morte. Durante semanas e semanas continuei a amar-te e a desejar-te, mesmo sabendo que não podia existir uma ponte entre nós, mesmo sabendo que o fim do nosso sonho se anunciava como certo.

Semanas depois voltaste por um par de dias e voltamos a ver-nos e a fazer amor. Nos nossos gestos silenciosos havia já o rasto da tristeza dos amores perdidos, que são os amores sem futuro. Ainda tentei puxar-te para mim, explicar-te que a distância aproxima as pessoas quando elas têm alguma coisa para dar uma à outra, mas já tinhas desistido. O Natal passou e nunca cheguei a abrir os presentes que eu imaginara teres deixado debaixo da árvore; já lá não estavam.

Ao longo do inverno voltaste ainda muitas vezes. O destino tinha-te posto do meu lado e o teu trabalho fazia-te vir a Lisboa com frequência. Voltei a ir buscar-te ao aeroporto e regressamos aos beijos perfeitos, às noites em claro, aos jantares românticos, a passear no Chiado de mão dada, aos jantares com o teu irmão e outros amigos, a repetição perfeita e serena dos mesmo gestos, das mesmas conversas, da mesma tristeza de não vivermos na mesma cidade nem podermos olhar para o mesmo céu.

Cada regresso teu fazia-me acreditar que afinal nunca te tinhas ido embora, que o tempo é a coisa mais relativa do mundo e que não é a distância que afasta as pessoas quando nasceram para se encontrar.

Davas-me um abraço muito grande, apertado e um bocadinho ansioso, mas logo se instalava aquela calma só nossa, que nenhum de nós sabe de onde vem, mas que nunca nos abandona sempre que estamos juntos.

Esperava-te como sempre do lado direito da saída de passageiros, depois de estacionar o carro no parque das partidas, porque daí a poucos dias partirias mais uma vez, mas não pensava nisso, nunca pensava nisso quando descansava nesse abraço de toda a solidão das últimas semanas, uma solidão calada e medida, habituada a si mesma como única companhia, na qual mergulho depois das tuas partidas.

Só penso nela depois, porque cada vez que chegavas, o mundo fechava-se nesse abraço, e era como se viajássemos para outra dimensão, sem fronteiras nem horários, onde vivemos na mesma cidade e dormimos debaixo do mesmo teto, temos um jardim e dois cães, almoçamos com a família aos fins de semana e de cinco em cinco anos fazemos obras em casa.

Tu chegas e eu vejo-te sempre igual; o andar elástico e um pouco incerto, a inseparável mala de viagem que parece ter vida própria, o sobretudo azul-escuro, o mesmo olhar inseguro e terno como o de um pequeno rapazinho com saudades de casa. Sei que quando partires o olhar já será outro, como se chegasse ao destino primeiro do que tu, como se o que viveste no jardim da tua infância não fossem mais do que sequências não editadas de filmes de 35mm, iguais àqueles que os nossos pais faziam quando éramos pequenos, nas férias, no Carnaval, eu mascarada de saloia e tu de Ali-Babá, no Natal, no primeiro passeio a cavalo ou nas idas ao Jardim

Zoológico quando os meninos ainda passeavam de elefante.

O teu olhar chega primeiro, mas o teu coração demora-se, porque, apesar do silêncio e da distância, agora real outra vez, ficas ainda por cá, espalhado pelos lugares por onde passeamos. Nada guarda memória mais certa e fiel do que a minha da tua pele, por isso vais ficando, no cheiro, no eco da voz, no sabor da boca, no toque dos dedos nas costas da mão, no olhar calado e fixo, atento e preso, muito mais eloquente que mil poemas de amor.

Voltarás daqui a umas semanas, ou talvez meses e até ao teu regresso ficamos os dois a pensar como é que somos suficientemente loucos para viver uma impossibilidade e suficientemente sensatos para não sofrer com ela. Eu tenho mais sorte, porque vou meia dúzia de voltas à frente: já sei onde é a minha casa e já encontrei a minha missão na Terra. E tu procuras ainda muitos caminhos, por isso ainda não podes escolher nenhum.

Gostava que a tua casa fosse o meu coração. Se assim fosse, saberias sempre o caminho de volta, mesmo que o teu espírito nômade e fugidio te levasse para o Camboja, o Vietnã, o Cairo, as ilhas gregas e todos os lugares do mundo que queres tocar.

E eu tenho um coração enorme, sabias? Deve ser o equivalente a um T-5 com um quarto em *suite* com *closet* e escritório, uma biblioteca imensa, sala de verão, jardim e piscina, com espaço para os cães, a família e os amigos. Uma lareira sempre acesa e um frigorífico sempre cheio, o Miles e a Billie sempre presentes, muitos filmes à espera de noites sossegadas a olhar o rio que é onde encontro o teu olhar quando já cá não estás.

Gostava que a tua casa fosse o meu coração, um botão que encontrou o seu lugar, porque a nossa casa é o único lugar do mundo onde podemos descansar, onde nos compreendem mesmo quando nós não nos conseguimos perceber.

A nossa casa é onde ninguém faz barulho quando estamos a dormir e ninguém nos acorda a meio da noite. Não tenho portas blindadas nem uma estrutura à prova de sismos, mas o meu sistema de aquecimento central é o melhor do mundo e acredita que nunca, mas nunca mais, te irias sentir sozinho ou perdido.

Apetecia-me inundar a tua vida de sonhos, apetecia-me cobrir-te de livros, filmes e outros presentes que te enchessem de mim, mas controlei-me como pude, porque já aprendi que não podemos dar mais aos outros do que eles estão habituados a receber.

Como tudo me parece irônico, quase absurdo, filtrado pela luz do tempo! E, no entanto, sinto que ainda tinha muito para te dar. Tudo o que senti e guardei e que não é, nem poderá nunca ser, de outro amor, porque foi vivido contigo, por ti e para ti, como este diário.

Lembro-me de pensar demasiadas vezes, mas talvez não as suficientes, que não te queria sufocar, nunca te quis sufocar. Sabes como sou impetuosa, voluntariosa, impulsiva. Sabes como luto pelo que sonho, como me dedico a tudo aquilo em que acredito. E isso faz com que tenhas algum medo de mim.

Sou demasiado direta, demasiado óbvia, só aguento o jogo da sedução logo no início. Depois canso-me e avanço sem estratégia. Felizmente, tenho corpo e coração de mulher, tenho pele e sexo de mulher e o meu lado feminino, que cresceu e se abriu como uma enorme flor depois de ter sido mãe, faz de mim uma mulher. Mas sou muito teimosa, não sei desistir nem quero aprender, e isso assusta-te.

Numa das últimas vezes que fomos jantar, disseste-me que se te pedissem a definição da mulher perfeita, tu só dirias duas palavras: o meu nome e o meu apelido. Quando um homem faz sentir a uma mulher todas as virtudes que vê nela, nunca precisa de lhas dizer.

Nessa noite, cheia de febre por causa de uma gripe maldita que pôs um terço do país de cama durante uma semana, mais teimosa do que a doença, levantei-me, arranjei-me para ti com todo o cuidado, como sempre faço, e fomos jantar a um pequeno e adorável restaurante no Bairro Alto por onde passáramos outras vezes e que te tinha chamado a atenção. Doía-me a cabeça e o bom-senso ter-me-ia aconselhado a nem sequer sair de casa, mas a ideia de estares em Lisboa e não estar contigo, não aproveitar todos os minutos possíveis era-me insuportável, por isso vesti uns *jeans* confortáveis, uma camisa branca, um *cardigan* verde muito claro — da cor dos teus olhos quando estás muito triste — e um casaco branco comprido, a minha grande compra desse inverno, a chamada *pièce de résistence* da estação, daqueles que, tenho a certeza, viverão para sempre no meu *closet* entre as melhores peças.

Sempre quis estar bonita para ti. É um clichê velho e gasto? Não, é uma regra do eterno feminino; as mulheres gostam de se pôr bonitas para o homem que amam, para serem para sempre amadas por ele.

Quando um homem ama uma mulher, esse amor cega-o. Só pensa no momento presente, aqui e agora. Quando uma mulher se apaixona por um homem, pensa sempre no futuro, agora e sempre. Somos seres diferentes no tempo e no modo. Mesmo nós, que nos sentimos como gêmeos, divergimos nisto. Quando te conheci e percebi que podias fazer parte da minha vida, imaginei-te dentro dela para sempre. Tu olhaste-me e desejaste-me sem pensar no futuro, porque o futuro é muito mais fácil para as mulheres do que para os homens.

Fomos a flutuar pelas ruas estreitas e movimentadas de um dos mais românticos bairros da minha querida Lisboa, jantar nesse canto secreto aqueles petiscos que só se comem em Portugal: linguadinhos fritos com açorda e jaquinzinhos com arroz de tomate.

Experimenta explicar à tua namorada o que são jaquinzinhos e depois diz-me quem é que está mais perto do teu coração, se é ela, ou se sou eu.

Desculpa falar-te dela. Há um pudor feminino que me aconselha a referi-la o menos possível, desde que me disseste ao telefone, entre muitas das nossas intermináveis conversas, que em tempos te sentiras profundamente apaixonado por outra mulher e que, por isso mesmo, sabias que o que vivias com ela não era amor.

*Dans l'amour il y a toujours un qui aime et l'autre qui se laisse aimer*. Deixaste-te ir pela sua candura e generosidade, porque percebeste que ela era um porto de abrigo, porque ela esteve — e estará — sempre à tua espera. Deixaste-te amar porque és sereno e dócil, mas sempre soubeste que o que sentias por ela não era amor. Ou pelo menos não era um amor arrebatador, absoluto e perfeito.

Pode parecer-te estranho, mas entendo esse tipo de amor. Entendo e aceito que te deixes levar pelo conforto e pelo hábito. Já tentei deixar-me levar por essa espécie de amor, mas não consegui e agora sei que não é isso que me faz feliz. Quero um amor arrebatador e absoluto, quero caminhar ao lado de alguém para quem olhe de igual para igual. E esse alguém és tu.

Nessa noite disseste-me que preferias ficar quieto a fazer algo que me magoasse; que se dependesse de ti, nunca me farias mal, por tudo o que sentias por mim, por saberes o quanto significávamos um para o outro. Nunca foste muito dado a manifestações verbais de afeto, por isso sempre te ouvi com muito cuidado, sem nunca pensar que podias ser leviano nas tuas palavras. Hoje quase todas as pessoas o são!... Falam em amor como se fosse um frasco de amaciador para a alma, acessível a todos, à distância de um braço numa prateleira de supermercado.

Tu não és assim. Podes ser indeciso, egoísta, confuso, disperso, inconstante nos teus sentimentos, mas nunca serias leviano comigo, porque sabes o quanto te amo e isso faz com que me respeites ainda mais.

Fui levar-te à entrada do hotel, ardia em febre e tu davas-me beijinhos na testa, senti-me uma miúda e feliz por me sentir assim.

Todas as mulheres, por mais seguras e maduras que sejam, precisam que cuidem delas; precisam de se sentir protegidas, porque isso é uma manifestação de amor e as mulheres precisam, acima de tudo, de se sentir amadas. Acima do respeito, do reconhecimento, da estima e da amizade, elas precisam de sentir amor.

Depois fui dormir e voltei a ver-te nos dias seguintes, até te ires outra vez embora. E quando te via era sempre melhor; fomos jantar, fomos ao cinema, passeamos pela cidade, sempre de mão dada, sempre a conversar, sempre com o véu à nossa volta. Quanto mais estava contigo, mais me sentia em casa. Nunca a companhia de alguém me deu tanta paz, tanta tranquilidade. E nenhum de nós acha que o outro é perfeito, se calhar por isso é que víamos a nossa relação como perfeita, feita de um entendimento alquímico impossível de fabricar, que só não era possível porque vivemos em países diferentes. Mas mesmo assim, quis sempre estar contigo e aproveitar todos os momentos, porque acreditava em ti, em mim, em nós, apesar da distância, do medo, apesar de tudo.

Como posso explicar-te que a distância não é ausência, como posso fazer-te entender que o que sentimos um pelo outro é o suficiente para mim, que não preciso que mudes a tua vida, que venhas para Portugal, que estejas ao meu lado para me sentir feliz? Como te posso convencer que as relações têm vida própria e que, mesmo que tu queiras e que eu queira, *what is meant to be is meant to be*?

Mas tu és como eu, teimoso, obstinado, agarrado às tuas convicções, porque é nelas que te apoias nos momentos mais difíceis, quando as dúvidas crescem como monstros dentro da tua cabeça e fazem sombra aos teus sonhos e certezas. E então, como a força que te move é a vontade, se o medo te apanha desprevenido, ficas paralisado e entras numa espiral invertida, começas a achar tudo impossível e só te agarras às certezas que existiam antes de mim, àquilo que só depende de ti, para te defenderes do que está para lá do teu controle.

O passado, por mais triste que seja, é sempre muito mais seguro do que o presente, porque o conhecemos. E tu és igual a mim; precisas de dominar a realidade e uma pessoa só pode dominar o que conhece.

Há uns dias, ao telefone, dizias-me que não me podias dar o que eu queria e que nem sabias bem o que sentias por mim, porque a tua vida estava numa fase tão indefinida que nem te permitias pensar no que nós poderíamos vir a ser. Telefonei-te num domingo à noite, depois de ter ido ao cinema com alguns dos meus amigos mais queridos; o Gonçalo e o Miguel, também os melhores amigos do teu irmão, essa deliciosa e abençoada segunda família que vamos formando ao longo da vida e que se chamam amigos. É junto deles que me refugio e consigo esquecer durante algumas horas a tristeza de já não falarmos com frequência, de já não trocarmos mensagens, de se ter perdido aquele sentimento de esperança que reinava à nossa volta como um manto protetor e que o tempo, o silêncio, o medo e a distância vão dissipando, como um lençol ao vento que, depois de terem passado por ele as estações do ano, se vai desfiando, comido pelo sol, pela chuva, pela erosão do tempo.

Há várias semanas que estamos assim os dois separados, cada um para o seu lado, tu deitado na tua cama ou em camas de hotéis, quem sabe, a desejar secretamente o meu corpo em cima do teu, ou a tentar esquecê-lo, e eu a lamber o sal que me escorre pela cara, a agonizar, literalmente a agonizar de saudades tuas, com saudades da tua voz que me embala, da tua mão a aconchegar-me os lençóis junto ao pescoço, a fechar-me o casaco e a enrolar-me o cachecol ao pescoço, com o mesmo carinho e cuidado com que me davas a mão ou entravas dentro de mim e me agarravas como se fosse tua. E era, sempre fui tua. Só que tu não acreditavas, ou não acreditaste que fosse possível.

É raro conseguir dormir uma noite seguida, é raro não acordar de madrugada e sentir no ar o teu cheiro. Depois desse sobressalto, às vezes a meio de um sonho contigo, um sonho em que conversamos ou passeamos por outras cidades, o sono tarda em voltar e é nesses momentos que me sinto mais triste e revoltada por teres construído um muro cada vez mais alto entre nós.

O que domina essas madrugadas de tristeza e solidão é um langor triste que antecede o esquecimento, como o último suspiro de um pássaro que prefere a morte à imobilidade.

O teu silêncio tomou-me os dias e todos os dias tento aprender a viver com ele.

Tento convencer-me de que, como todos os homens, és livre e podes escolher o que queres para a tua vida, mesmo que isso implique eu não fazer parte dela. Nunca saberei quando tomaste a decisão, nem por quê. Não sei o que é amar alguém e desistir desse amor, a não ser que esteja em perigo a minha vida, por isso tento não pensar naquilo que me é impossível entender, que é alguém ter o amor entre as mãos e deixá-lo escorregar como água.

Existiu sempre dentro de mim uma força que me impeliu na tua direção. Chama-lhe intuição ou teimosia, chama-lhe carência ou vontade, chama-lhe loucura ou sabedoria, chama-lhe desejo ou proteção, porque nessa força imensa e agora paralisada pelo teu silêncio havia um pouco de tudo. E o amor é feito de mil e um pequenos nadas que são tudo, ou quase tudo. Uma força quase sobrenatural, uma vontade acima da minha vontade, que sobreviveu semanas, meses, alimentada a sonhos e migalhas, porque antes e depois da vida há o sonho e o sonho pode sobreviver a tudo, até à morte.

Mas o fio dos dias vai tecendo à minha volta uma teia cada vez mais grossa e opaca, e sinto-me prisioneira do tempo e do silêncio, sem armas para me libertar desta rede que me entorpece os membros e me anestesia o coração. Durante o dia, enquanto a luz alimenta o meu trabalho, consigo aceitar esta realidade, mas à noite o sonho é mais forte e a cabeça é dominada pelo coração e por isso choro, choro muito, com muitas saudades tuas.

Sei que a vida quase nunca é como nos livros e muito menos como nas histórias exemplares, do tempo dos reis e das fadas, em que o príncipe, quase sempre atrasado, ou distraído, ou exausto, depois de ter enfrentado dragões ferozes e bruxas malvadas, rompia o silêncio, o tempo, o feitiço, os portões e, tornando realidade o que parecia impossível, regressava no seu cavalo branco e resgatava com um beijo a sua princesa.

Nessas noites sonho ainda com esse último beijo, o que sempre evitamos por medo ou pudor, porque sei que seria igual ao primeiro: perfeito, eterno, sublime e inesquecível.

Nunca um beijo carregou tantos sonhos. Também nunca conheci um homem com tão profunda delicadeza e tão grande sensibilidade, nunca conheci ninguém que percebesse sempre o que lhe queria dizer, mesmo quando me calava a meio das frases e as fechava com um olhar. Como escreveu um dia Freud a Lou Andréas-Salomé, *tu compreendes sempre o que te estou a tentar dizer para além do que te digo*. Não sei o que lhe respondeu a musa de Rilke, Nietzsche,

Klimt e também do próprio Freud. Tenho quase a certeza de que eles possuíam um entendimento semelhante ao nosso, que tem tanto de sublime quanto de raro, quando um homem e uma mulher olham um para o outro e se conseguem ver como de igual para igual. A vida também me ensinou que, quanto mais rara é uma coisa na sua essência, mais raramente triunfa.

Talvez por isso mesmo não estejamos destinados à fusão, à soma de todas as partes para um todo maior do que nós, a cumprir um sonho que ambos desejamos e que agora se desvanece com o passar dos dias.

A perfeição é um engodo, nunca existiu na continuidade, apenas se faz representar por escassos e velozes momentos durante toda uma vida, mas como sou uma eterna romântica e ainda não inventaram injeções para arrefecer o coração, relembro o herói solitário das *Noites brancas*, que durante quatro longas vigílias ajudou uma rapariga a esperar pelo seu amado e que, depois de a ver partir, disse: Ah! Um minuto de felicidade! Não basta isso para encher a vida de um homem?

Não, não basta um minuto de felicidade para encher a vida de um homem, porque a vida de um homem é feita de muitos minutos e cada um deve trazer-lhe mais do que uma doce e tênue recordação de algo precioso que teve e perdeu. Não bastam dias de sonho, semanas de paixão, meses de elevação e vontade, porque a verdadeira vida é a que se constrói todos os dias, feita de gestos, atenções e cuidados, pequenos nadas que são quase tudo. E como de ti já não tenho nada, resta-me fechar as portas e desejar que encontres o que queres no caminho que escolheste.

Já fizeste um dominó? Já pensaste que a existência humana é tantas vezes assim? Passamos dias, semanas, meses, anos, a construir os nossos sonhos e, num breve instante, alguém tropeça neles e tudo se desfaz e desmorona, numa sucessão de azares impossível de travar.

Quando o meu dominó começa a cair, junto-lhe mais peças na cauda e aproveito para limpar fantasmas na enxurrada. Ao menos sofro tudo de uma vez, condenso a frustração num par de dias e fico a enxaguar a tristeza até ela secar ao sol.

Depois, com muita calma, começo a montá-lo outra vez e, aos poucos, vejo-o a crescer sozinho, como se o embate que fez cair as peças tivesse o poder de as levantar.

A esta capacidade rara de transformar problemas em soluções e encontrar novos caminhos em encruzilhadas já chamaste persistência e sentido de justiça.

Sou e serei a mulher mais persistente que se cruzou no teu caminho, nunca conhecerás outra que acredite tanto na justiça dos seus sonhos e que, por isso mesmo, nunca desiste deles.

Sísifo, filho de Éolo e rei de Corinto, é a encarnação da fadiga eterna; durante dias, meses, anos, séculos, tentou colocar no alto de uma montanha uma enorme pedra. No entanto, cada vez que se aproximava do cume, a pedra caía, resvalando pela encosta abaixo, obrigando-o a começar de novo a ingrata e árdua tarefa. Serei eu tão insensata a ponto de fazer o mesmo com os meus amores? Afinal, o que ganho eu em representar a imagem da ânsia eterna do homem em ascender a um alto objetivo, que se esfuma no momento exato em que julga tê-lo alcançado?

O meu esforço será sempre inútil porque, por mais que faça, acabarás por me escorrer entre os dedos, como o amor que te antecedeu.

Cometi um erro fatal, o de não te exigir nada. O amor também se mede pela quantidade de acontecimentos que desejamos partilhar com aqueles que amamos e eu deixei-te entrar na minha vida sem moeda de troca. Nunca me deixaste entrar na tua, nunca dormi na tua cama nem conheci a tua casa.

Nietzsche, que tinha tanto de louco como de sábio, escreveu que a grandeza de um homem está em ser uma ponte e não uma meta. Mas ninguém consegue construir uma ponte sozinho, nem carregar um piano, nem mudar uma casa, por isso aprendi algo mais difícil; aprendi a ficar quieta quando aquilo que mais quero e desejo não depende só de mim. E com essa nova e preciosa lição veio a paz, a tranquilidade, a harmonia dos dias sossegados e das noites de sono profundo.

Aprendi muito contigo, com certeza mais do que possas imaginar. Aprendi com os meus erros, porque é quando se perde que a lição é mais importante. Devia ter ficado quieta mais vezes, devia ter respeitado o teu silêncio e o teu espaço, deixar-te em paz em vez de te pedir o mundo, porque iria sempre amar-te, estivesses ou não ao meu lado, porque fazes parte de mim, mesmo sem saber se és a primeira ou a última peça do meu dominó, mesmo sem saber se o vais pôr de pé ou deitar abaixo.

O amor tem o seu próprio mistério, tentar desvendá-lo é um erro, tentar apressá-lo um crime. Se um dia destes te apetecer voltar para os meus braços e construir um sonho comigo, podes bater à porta porque estarei por aqui, mergulhada numa paz tranquila e nova que me ensinaste sem saber.

O amor é mesmo assim; damos aos outros o nosso melhor sem sequer o saber. E tudo o que damos nunca se perde, nada se perde, apenas se transforma e se guarda numa caixa que só o futuro conhece e desvenda.

Mas será que é esta a verdade? A verdade nunca é exata, porque sempre a mascaramos com o nosso desejo. E a verdade em que eu quero acreditar não é a de que não me amas, mas a que me diz que não sabes o que fazer com o nosso amor.

Os homens não fazem a mínima ideia do que é o amor antes dos trinta anos. E depois, a maior parte das vezes, não sabem o que fazer com ele. O que é afinal o amor?

O amor é sobretudo hábito, escreveu Miguel de Unamuno. Quase concordo com ele, embora tenha uma visão mais real e completa do amor. Para mim o amor, enquanto entidade abstrata, não existe.

Existem a atração, a paixão, o desejo, o sonho, o encantamento, a tesão, a ilusão. O amor é ainda outra coisa, que está depois e acima de tudo isso, porque sem amor nada resiste ao tempo, ao desgaste, à rotina, ao peso surdo e devastador do dia a dia. Para mim amor é construção e dedicação, e por isso não há amor, há provas de amor. Refiro-me ao amor verdadeiro e não àquele que alimenta os espíritos dos pintores, dos músicos e dos poetas. Um amor vivido todos os dias, que se vai construindo como uma casa: primeiro é preciso fazer boas fundações, depois decidir onde são as paredes mestras, escolher onde se vão abrir portas e rasgar janelas e depois, cimento, tijolo e muita paciência, porque tudo o que é sério e seguro demora muito tempo a criar e dá ainda mais trabalho a manter.

No entanto, há uma força arbitrária e decisiva, à qual também se pode chamar sorte, a ideia de estar no lugar certo à hora certa. Podíamo-nos ter voltado a encontrar quando estive à porta de uma festa de passagem do milênio em casa do teu irmão, à qual acabei por não ir porque me sentia cansada e não me apetecia festejar. Que bom augúrio teria sido se nos tivéssemos apaixonado naquela noite e não num comum dia do mês de setembro! Disseste-me já duas vezes que nos devíamos ter conhecido mais cedo. Se isso tivesse acontecido, talvez agora estivéssemos juntos, ou pelo menos próximos. Como fazer-te entender que ainda é muito cedo, que estamos a meio da vida e que, por isso, tudo, mas tudo é possível? *Meu amor, não é tarde nem é cedo para quem se quer tanto...*

Cada escravo carrega a chave da sua liberdade. E tu tens a tua perdida no fundo do mar. Do teu mar de dúvidas, de solidão, de incertezas, por detrás do teu muro de autossuficiência onde te escondes, imaginando-te protegido por uma armadura, porque cresceste sozinho num mundo que te era estranho e que agora se tornou familiar, mas que não faz parte do teu passado nem combina bem com a tua herança genética. Por mais frio que te tenhas tornado ao crescer, entregue a ti próprio em colégios austeros de paredes escuras e rapazes fardados a rigor, por mais fleuma britânica e formalidade anglo-saxônica que te tenham incutido durante esses longos e solitários anos de crescimento e aprendizagem, o teu sangue é português e foi aqui que nasceste. E mesmo a mais perfeita das armaduras revela as fraquezas de quem a veste: a de D. Sebastião tinha apenas um só testículo.

Como acontece a todos os homens, há vários homens dentro de ti: há o que sonha em abraçar o mundo e há o que quer um lar e precisa de colo. Há o executivo pragmático e ambicioso que desliza à superfície das coisas e o romântico que sabe tocar a minha alma com enorme cuidado e sensibilidade. Há o cerebral que adora a cidade em que vive, onde todos pensam que o trabalho está acima de tudo, e o emotivo que namora com Lisboa e gosta de se perder nas suas vielas estreitas, respirando o ar do sul, sob o sol que quase nunca nos abandona. Há o apaixonado que me agarra, me devora e me prende, e o racional que gosta de pensar que somos apenas amigos.

Tantos homens num só! E tu sem saber qual queres ser, sem poder ainda escolher... Deve ser difícil viver assim, sobretudo com a lucidez que sempre te acompanhou, sabendo que todos são verdade, que todos vivem dentro de ti.

A tua chave está perdida, devias tentar encontrá-la. Aprendi a trazer a minha pendurada ao pescoço, onde às vezes também ponho o coração, que tem andado demasiado fora do peito para o que seria recomendável. Sou assim, gosto de acreditar que tudo é possível, que os meus sonhos, se forem bons para mim e o melhor para o mundo, se podem realizar.

Tenho a sorte de ter nascido um espírito livre. Ou de me ter tornado um espírito livre, apesar da educação austera, da culpa católica, da noção de pecado e expiação, do medo do castigo divino. Não sei que força interior venceu todos os medos e derrubou todos os padrões, mas tenho hoje a certeza de que me é algo próprio e inato e, infelizmente, não sinto em ti a mesma bênção.

Contigo é diferente. Tu vives a Alegoria da Caverna; o mundo que tu vês não é diferente daquele que consegues imaginar, ainda que apenas as pálidas sombras de uma realidade só tua encham as tuas paredes. Quando um dos homens conseguiu libertar-se das correntes que o agrilhoavam e saiu da caverna para o mundo, percebeu que o teatro das sombras em que vivera nada tinha a ver com a verdadeira realidade. As sombras projetadas na parede nem sequer eram reflexo da luz do sol a entrar pela única abertura da caverna, mas as de figuras projetadas por outros homens atrás de uma fogueira. Quem conseguisse sair da caverna, cego pela luz do sol, deveria primeiro habituar-se à luz natural, olhando apenas para as sombras dos homens e das árvores, até conseguir enfrentar a luz. E quem tentasse regressar para explicar aos seus companheiros como estavam enganados, poderia ser banido, ou mesmo condenado e crucificado, por tentar mostrar uma realidade tão diferente.

O diálogo entre Glauco e Sócrates, que Platão conta, não pretende provar que somos donos de uma única verdade; será talvez mesmo o contrário. A realidade é e será sempre muito mais vasta do que os nossos sentidos conseguem alcançar, porque nenhum homem é capaz de abraçar a grandeza do mundo que o rodeia. Para ele, quem quisesse seguir o caminho do bem, nunca poderia regressar à caverna, pois seria negar a luz do sol à condição humana.

Cada vez que converso contigo ou te escrevo a pedir-te que aprendas a ser livre, porque acredito que só assim conseguirás aproximar-te dos teus sonhos, respondes-me com amargura e silêncio. E eu sinto-me o homem que teve a sorte de sair da caverna e que não pôde transmitir aos seus companheiros tudo o que viu, porque não conseguiu que acreditassem nas suas palavras.

Temo que tudo o que te escrevo ou digo não te sirva de nada.

Hoje não consigo fixar os olhos no rio, a luz está demasiado forte e, ao refletir-se na água, irradia milhões de pontos de luz que cegam o olhar mais temerário. Se o Seurat estivesse aqui, pintaria como um louco, o dia inteiro, sem parar, até ao cair da noite.

Eu pinto o mundo com as palavras porque, como todos os sonhadores, gostava que o mundo fosse outro lugar, mais belo e mais fácil, menos sujo e injusto, com menos lixo nas ruas e no coração das pessoas. Pinto o mundo, não como ele é, mas como gosto de imaginar que pode ser. Foram as pessoas que olharam para o mundo e sonharam que ele podia ser diferente que o conseguiram mudar.

Partiram em caravelas, inventaram a eletricidade, construíram caminhos de ferro e aviões, transformaram desertos em jardins, florestas em cidades e foram à lua, mas não conseguiram transformar o homem por dentro, porque só há duas coisas que nunca mudam no coração dos homens: o ódio e o amor.

Um homem e o mesmo homem apaixonado não são a mesma pessoa. Tu, hoje, entregue a ti próprio e esquecido da minha existência, não és o mesmo homem que passeia de mão dada comigo por Lisboa. És outro homem, quase um estranho para mim. E no entanto, tenho a certeza de que, se de repente nos encontrássemos, voltarias a ser aquele que conheço, porque sou uma das tuas circunstâncias mais difíceis de contornar, porque ambos sabemos que o que sentimos um pelo outro não é só paixão, tesão, desejo, sonho, encantamento, ilusão. Ambos sabemos e ambos já confessamos um ao outro que o que sentimos (por que é que o verbo sentir se conjuga na primeira pessoa do plural exatamente da mesma maneira no presente do indicativo e no pretérito perfeito?) pode, ou podia, ser o início de um grande amor. E, como acontece com todos os homens, essa possibilidade assusta-te.

Todos procuramos um grande amor, não interessa se temos 16, 36 ou 63 anos, não interessa se nascemos ricos ou pobres, inteligentes ou burros. A necessidade da realização pessoal através do amor é uma das maiores verdades universais. Mas a vida vence quase sempre o amor, por isso são muito poucas as pessoas que se podem alegrar com a consumação plena desse sonho.

Não sou dona do tempo nem de nenhuma verdade, a não ser daquilo que sinto. Mas o que sinto está cá dentro, só eu vejo, e mesmo que te explique com todas as palavras do mundo, nunca saberei se me expliquei bem e, caso o tenha feito, se entenderás o que te digo *exatamente* da forma como te quis dizer, por isso é que às vezes fico calada e espero que o tempo resolva os enigmas mais complexos — ou mais simples — da existência.

Amor é muito mais do que hábito, é sobretudo tempo. E quando se ama, há sempre dúvidas e medos, há sempre uma vontade secreta de outros desejos, de outras vidas, de outras viagens, mas vem o tempo e decide por nós aquilo de que não somos capazes.

Quando se ama alguém tem-se sempre tempo para essa pessoa. E se ela não vem ter conosco, nós esperamos. O verbo esperar torna-se tão imperativo como o verbo respirar. E aprendemos a respirar na espera, a viver nela, afeiçoando-nos a um sonho como se fosse verdade. A vida transforma-se numa estação de comboios e o vento anuncia-nos a chegada antes do alcance do olhar. O amor na espera ensina-nos a ver o futuro, a desejá-lo, a organizar tudo para que ele seja possível. E se calhar é por tudo isso que já aprendi a esperar, confiando à vida tudo o que não sei, ou não posso escolher. É mais fácil esperar do que desistir. É mais fácil desejar do que esquecer. É mais fácil sonhar do que perder. E para quem vive a sonhar, é muito mais fácil viver.

Olho para o futuro e sonho com ele. Diante dos meus olhos desenha-se uma casa, um jardim, oiço o cantar dos pássaros e o riso das crianças; cheira a alecrim e a alfazema, já tenho alguns cabelos brancos que às vezes prendo num carrapito. E ao meu lado, todas as manhãs, acordas devagar, abres os olhos e mergulhas nos meus. Vivemos na mesma casa e partilhamos os mesmos sonhos. Vivemos um presente fácil, porque sonhamos um futuro bom. Vivemos um com o outro e também um para o outro, mas cada um tem o seu canto, a sua secretária, os seus discos, os seus livros, o seu mundo. Somos como duas alianças que se podem encaixar uma na outra, mas que serão sempre duas, mesmo que escolham esconder-se uma na outra. Seremos dois em um, sem que cada um deixe de ser quem é, como é, com todos os seus encantos e defeitos.

O tempo é o que queremos fazer dele. Assim como o é o presente, um presente que podemos desembrulhar todos os dias. E o futuro é a mistura dos dois.

Eu sei que o futuro para ti é apenas um tempo de verbo que aprendeste na escola, a par da tabuada e dos nomes dos rios, mas acredita que é como Deus, ou qualquer outra abstração; pode viver dentro de nós, mesmo que ninguém prove que existe. Eu sou diferente, preciso de imaginar o futuro para viver o presente. Preciso de sonhar com uma casa, um jardim, o cheiro a alfazema e o carrapito de cabelos brancos, o sabor dos anos passados numa vida em comum e o calor de um sonho construído dia a dia, a pulso, com os pés na terra e o coração no ar. E preciso de te poder amar para ser feliz. E como o mais comum de todos os mortais, também quero ser feliz.

O tempo, que me rouba energia, saúde, frescura na pele e brilho nos cabelos, que me come os dias e as noites, é também o mesmo que me traz a calma e a maturidade tão desejadas, a vontade e o desejo cada vez mais forte de escrever, a paz alcançada dos sonhos que vou realizando e a tua presença na minha vida, após tristezas e desertos, sonhos que não eram verdade porque nunca o foram, ao contrário daqueles que tenho contigo. Gostava de ser a aliança de dentro, a que se encaixa na outra, protegendo-me da parte do mundo que não quero sonhar, guardando-me para a vida contigo.

Gostava de ficar lá dentro, presa nos teus dedos, a sonhar um presente e um futuro que pode ser o que nós quisermos, se o quisermos. Dois em um como duas metades da mesma laranja, num mundo feito à nossa medida, ao sabor dos sonhos. Basta querer.

Mas tu não queres. Há algum tempo que não queres. Por isso não voltamos a dormir na mesma cama na última vez que vieste a Lisboa. Ou melhor, na última vez que vieste a Lisboa e estivemos juntos.

Depois dessa última vez, o impensável aconteceu; passaste por cá uma noite e não me disseste nada. Fiquei esmagada de espanto, estupefata com o teu silêncio. Como me pudeste ter feito uma coisa destas? Sempre soubeste que as tuas passagens por Lisboa, por mais breves que fossem, eram muito importantes para mim; fui várias vezes buscar-te ao aeroporto e estava contigo todo o tempo que era possível. A tua presença na minha cidade era como um bem raro e escasso e eu aproveitava as tuas estadias para matar saudades. Não, para *matarmos* saudades, porque tínhamos os dois saudades um do outro.

O teu irmão protegeu-te e desculpou-te, disse que tinhas vindo de repente, convocado para um jantar de família no qual era preciso tomar decisões sobre negócios, heranças e outras questões que não me diziam respeito. Mas não há nenhuma diferença entre uma razão e uma desculpa. Há já algumas semanas que não respondias às minhas mensagens escritas, embora continuasse entre nós uma correspondência estreita e regular por e-mail. Nunca mais me tinhas telefonado, exceto no domingo anterior à tua vinda secreta, como um espião no tempo da guerra fria. Como sempre, conversamos muito e muito francamente sobre muitas coisas... Já reparaste que desde que nos conhecemos e falamos por telefone, nunca conversamos menos de uma hora?

Quando queremos estar próximos de alguém de quem gostamos, as palavras nunca se gastam. Como nunca se gastam os beijos, as mãos que se aconchegam, os corpos que se tocam, as bocas que se comem, alimentando-se uma à outra. Nunca se gasta a pele nem o olhar porque o desejo que é alimentado pelo amor não é como a paixão, o amor nunca se cansa. Como canta a Rita Lee, *sexo antes, amor depois*. Na mesma canção, ela também canta *sexo é escolha, amor é sorte*, lembras-te? Quando te conheci e percebi que gostavas de mim, senti-me a rapariga com mais sorte do mundo. Podia ir contigo para qualquer lado, porque sempre me soubeste agarrar de uma forma que, sei-o agora, nunca ninguém me agarrou: na rua, nas lojas, no cinema, à entrada dos restaurantes, sentados à mesa, no elevador do hotel, na cama, antes de dormir. E durante o sono, a noite inteira, como duas alianças encaixadas numa só.

Recordo as nossas conversas, sempre tranquilas e sinceras, cheias de humor e de poesia. Logo nas primeiras noites, enquanto guiava pela cidade, contigo a meu lado, disseste-me que sentias um véu de esperança a proteger-nos. E quando, numa noite fria e seca, enquanto caminhávamos pela rua, juraste ver frases a sair do meu cabelo que ondulava ao sabor dos meus passos, frases que te envolviam como fitas de seda. E depois imitavas o meu andar ligeiramente à pato, a minha forma inconfundível, tal como a tua, atabalhoada de andar, e a tua graça e humor faziam-me rir.

À noite, na cama, quando a proximidade roçava os limites do possível, não estávamos só rodeados de prazer e de êxtase; os dois corpos juntos, com a mesma cor, o mesmo cheiro e a mesma pele colavam-se como duas folhas de papel molhadas e uniam-se deliciosamente, enquanto agarrávamos as mãos, a cabeça, as costas e as pernas um do outro. Amor e sexo não são a mesma coisa e raramente se juntam na mesma cama, mas quando isso acontece, há uma alquimia secreta e indecifrável que a pele guarda religiosamente na sua memória e que as células não esquecem.

A imaginação é o mais forte dos sentidos. Quando me deito, é nela que encontro toda a paz que me embala como se fosse uma criança e me faz dormir com a tua imagem, o teu cheiro e a tua pele sobre a minha durante toda a noite. Fecho os olhos e de repente estás ao meu lado, perfeito, poderoso, belo, terno. Sinto o teu sangue a correr pelas minhas veias enquanto o meu corpo se enche do teu. Sinto o peso das tuas pernas sobre as minhas ancas, enquanto seguro o teu peito com os meus braços e agarro a tua nuca e a tua cara como se fosses uma estátua grega.

Lembro-me muito bem de todos esses momentos. Sei que a memória é mentirosa, mas tenho a certeza de que nisto não me está a trair, porque nunca conheci ninguém tão meigo nem tão cuidadoso como tu. À saída de casa, do hotel, de um restaurante, tinhas comigo gestos que nenhum homem jamais tivera; fechavas-me o casaco botão a botão, enrolavas-me o cachecol à volta do pescoço, depois, com as tuas mãos brancas e lisas, levantavas com cuidado o meu cabelo que ficara entalado debaixo das golas ou do cachecol. A última vez que me fizeste isso, tremi um pouco, queria que aquele momento durasse para sempre, por isso pedi-te, demora só um bocadinho mais a arranjar-me por favor, só um bocadinho mais... e tu riste-te, como se eu estivesse a dizer disparates.

É entre aqueles que estão mais próximos que a ilusão faz cintilar as suas imagens mais belas. Eu estava ali de pé, indefesa como uma estátua de gelo a derreter ao sol, a saborear a ilusão de ter alguém a cuidar de mim. Sabia que era uma visão, que tu te afastaste de mim porque não me podias dar o que eu queria, disseste-me ao telefone, com a voz mais triste e cansada que alguma vez te ouvi. Respondi-te que tu não podias saber o que eu queria sem me perguntares, e que me bastava gostar de alguém e ter alguém que gostasse de mim.

Como foste capaz de me abrir mais uma vez a tua alma e não me dizer que vinhas a Lisboa alguns dias depois? Sei que estavas triste naquela noite, mas senti-te próximo, como sempre. Se calhar foi por isso mesmo que não me disseste nada; o abismo mais estreito é o mais difícil de transpor.

O amor é tempo e tu não tens tempo para mim. Pelo menos agora. Amor é sorte e talvez eu não tenha sorte. Ou tenha, mas não contigo.

Há pessoas a quem falta saúde, outras, uma família que as proteja, outras, a realização profissional. Há mulheres que nunca conheceram os pais ou que não conseguem ter filhos. Há pessoas que trabalham uma vida inteira e nunca conseguem juntar dinheiro. Há pessoas a quem lhes é retirada a liberdade, ou lhes é interditada a vocação. Há outras que são obrigadas a viver debaixo das mais duras convenções, ou caladas pela censura. Há pessoas que vivem exiladas, longe do seu país e dos amigos. Outras que são perseguidas durante toda a sua vida. Na existência humana há sempre uma dimensão que falha. Na minha, na qual alcancei muito mais do que alguma vez achei ser possível, talvez falte este tipo de amor que há tanto tempo procuro; um amor pleno, supremo e incondicional, um amor sereno e seguro que me proteja do mundo, um amor certo e firme, um amor real, em vez do mundo de sonhos em que vivo mergulhada quase desde que me conheço.

Afinal, por que te escrevo este diário, quando sinto a cada dia que passa que não vais voltar? Escrevo porque ninguém ouve, mas quando estas palavras forem impressas e ganharem vida própria, sei que vão chegar a muitas pessoas e serão uma ponte para casais desavindos, amores perdidos mas nunca esquecidos, namorados que a vida separou mas que ainda se amam, amigos de costas viradas que se entenderão, homens e mulheres, homens e homens, mulheres e mulheres que se amam, mas que ainda não encontraram o mesmo caminho.

São as palavras que ficam por dizer que mais nos pesam, prisioneiras no nosso descontentamento, aos gritos dentro da nossa cabeça. Preciso de as libertar, preciso de lavar a alma e limpar o coração, mesmo que isso signifique pôr uma pedra em cima daquilo que mais amo e desejo. E para me ver livre delas, revelo-me nestas folhas sem pudor, porque já não tenho nada a perder.

Pintam o Cupido nu porque um grande amor não se esconde atrás da razão nem se evita com a prudência. Se os deuses nunca conseguiram juntar o amor e a sabedoria, como podemos esperar tal milagre dos comuns mortais? Cupido não passa de um menino travesso que não quer crescer nem deixar de fazer as suas tropelias. Tem asas, porque o amor é rápido e entra com ligeireza para o sangue. Nunca larga as setas, porque gosta de apontar ao coração quando menos se espera. E a ferida que provoca é igual à seta atirada: imprevisível quando disparada, estreita na ferida, certeira e funda na penetração, difícil de tratar e tantas vezes impossível de curar. Maldito Cupido, que provocou guerras intermináveis, matou homens e deuses, destruiu impérios, incendiou cidades e afundou navios. Maldito Cupido, com cara de anjo e alma de Mefistófeles, sempre a rir-se de nós. Nunca ninguém soube onde mora ainda esse eterno terrorista das almas, que ataca de surpresa e deixa atrás de si um rasto de danos tantas vezes irreparáveis. Maldito Cupido, que é mais forte do que a vida e a morte, mesmo quando a vida se convence de que o sabe domar.

A vida corre tranquila do lado de fora da minha janela azul; oiço os comboios, os carros, as sirenes dos barcos, a tosse dos velhos e o riso das crianças. O sol percorre o seu caminho atravessando o céu azul de Portugal, um dos mais belos do mundo inteiro. O meu olhar apanha um pássaro e voa para o Sul. Vejo o estuário do Tejo, sereno e grandioso, depois o rio Sado e continuo a caminho de África, sobrevoando as planícies alentejanas, secas pela falta de chuva, com os seus sobreiros como mãos viradas para o Criador a pedir água, paz e proteção divina. Já não quero voar para o Norte, para a cidade da luz cinzenta que te come os dias enquanto trabalhas com o coração anestesiado.

Se ficar aqui, em breve serei tolhida pelo frio e pelo sentimento de vazio e de derrota que me vai invadindo as horas do dia, à medida que a noite se aproxima. Por isso escrevo como quem voa e as minhas palavras são o voo daquele pássaro que há pouco cruzou a minha janela. Antes fugir do que ficar, porque se aqui ficar serei tomada por um langor triste que antecede o esquecimento, como o último suspiro de um pássaro que prefere a morte à imobilidade. Mas também sei que fujo porque desejo que me sigas, que me procures, que a minha ausência te faça vir ao meu encontro. As mulheres não foram feitas para correr; se o fazem, é para serem apanhadas.

A última vez que estivemos juntos não quiseste fazer amor comigo. Dizias que sentias remorsos, porque afinal nunca tinhas contado nada à tua namorada, ao longo de todos estes meses de viagens, conversas telefônicas, e-mails, beijos e noites em claro. Devo ter parecido um pássaro perdido, porque me fizeste uma festa no cabelo e disseste uma das tuas frases emblemáticas, aquela que usas quando te prendo o coração com o olhar, *don't give me that look*, *Sweets*, *please don't*.

Nem me preocupei em disfarçar o olhar triste, sem orgulho, ansioso, o meu olhar de mulher a pedir afeto, amor, atenção e tempo. Nem sequer me lembrei de usar o meu sarcasmo como arma tão tipicamente feminina e comentar que, depois de seis meses, até te ficava mal ter um ataque de pudor. Mais valia então que nunca tivesses dormido comigo, porque a ausência da comunhão entre os nossos corpos não seria nunca suficiente para apagar a memória de antigos e tão sublimes prazeres partilhados.

Mais uma vez o Cupido se pinta nu, despudorado, sem vergonha nem mérito. E tu pensas que isso vai mudar alguma coisa, respondi-te em tom de pergunta, porque sabia que tu sabias que não.

Os dias que voltamos a passar juntos, ainda e sempre de mãos dadas e a trocar segredos como só fazem os namorados, voaram como sempre, e mais uma vez entrei na nuvem. Não se entra duas vezes na mesma nuvem? Se calhar é muito difícil, mas já consegui coisas mais difíceis. E além disso, a nossa relação sempre o foi, enquanto estávamos longe. E muito fácil assim que nos aproximávamos.

Já pensaste que costuma ser ao contrário? Rosas e perfeição na ausência, espinhos e defeitos na presença. Conosco, nunca foi assim. Nós nunca tivemos nada a ver com o que acontece normalmente aos outros, somos cartas fora do baralho, pena do mesmo pato. Eu sou a pessoa mais romântica que conheço e tu és diferente de todos os outros homens.

O tempo voou até partires de novo e depois veio o silêncio a marcar a distância, para me convencer de que a distância vence tudo, até o amor.

Por que é que nos privamos do amor carnal, se ambos ardíamos de desejo nesses últimos dias? Porque tu quiseste. Por que é que o silêncio se ergue entre nós como um muro impossível de escalar? Porque tu quiseste. Por que é que não me disseste que vinhas a Lisboa e te escondeste de mim? Porque tu quiseste.

A vontade individual de cada ser humano pode e deve estar acima de tudo. Tens o direito de querer tudo e de fazer tudo o que queres e eu tenho o direito de gritar ao mundo a minha tristeza, de escrever o quanto te amo e o quanto me dói a forma como me fechaste a porta.

Afinal, se for rigorosa, posso pensar que nunca poderia esperar de ti outra coisa. Andaste meses a esconder da tua namorada a minha existência. Preferes calar a falar, preferes disfarçar a enfrentar, preferes a boa educação à franqueza. Não são defeitos, é o teu feitio. Quando disseste ao teu irmão para não me dizer nada porque não me querias magoar, estavas mais uma vez a condescender, como quando me passavas a mão pelo cabelo como se eu fosse uma boneca ou uma criança — ou as duas coisas — e me dizias *don't give me that look.*

Como hei de olhar para ti agora, depois de tudo o que se passou? Perdi a confiança em ti, porque me mentiste. Já andavas a mentir a outra mulher há muito tempo, por isso, por que é que havia de ser diferente comigo? Se te chamasse covarde, podias acusar-me de ser dura, mas não me podias acusar de ser injusta, pois não?

Sempre me disseste que sabias que o que sentias por ela não era amor, porque já tinhas sentido amor antes e não era a mesma coisa. No entanto, sempre a quiseste poupar à realidade. Por quê, se não a amavas? O Miguel e o teu irmão, que te conhecem bem, dizem que não está em causa o que sentes por mim, porque me adoras, mas o fato de não podermos construir nada porque vivemos em cidades diferentes e nenhum de nós quer mudar a sua vida pelo outro. Mas o que sentiste por mim também não foi amor, porque se fosse, terias feito alguma coisa por mim, por nós, e tu nunca quiseste ou soubeste fazer grande coisa.

Amor é vontade e já te disse que não há amor, há provas de amor. O teu silêncio, a tua vontade expressa em eu não saber que vieste a Lisboa foram e são provas de desamor. Agora sim, posso estar a ser injusta, mas é mais forte do que eu.

Apesar de tudo, porque perder-te na minha vida era como perder um bocado de mim, ainda tentei falar contigo. Mandei-te um e-mail e algumas mensagens. Inútil, tudo inútil.

Os dias continuam a correr devagar; às vezes sinto que te estou a esquecer, outros tenho a certeza de que a ferida nunca vai fechar. Às vezes penso que nunca mais serás uma pessoa próxima. Outras vezes, sonho que um dia acordas e escolhes o teu caminho e que esse caminho é aqui, no país do sol, ao meu lado, na casa dos tetos altos e do jardim coberto de alfazemas. Os dias são passados a trabalhar, como sempre. À tarde vou buscar o meu filho à escola e deixo-me levar pelo conforto da vida caseira que sempre sonhei. Depois deito-me na minha cama imensa onde me sinto perdida, com frio por dentro. Podia deitar nela os homens que quisesse, mas não quero nenhum corpo estranho na minha vida, não quero ladrões nem intrusos, embora me sinta tão vazia que acho que se algum incauto se deitasse nela comigo não tinha nada para levar. E há ainda o meu antigo namorado, por quem não consigo decidir se o que sinto é ou não amor.

Se o amasse, nunca me teria apaixonado por ti, pois não? Ou será que uma mulher pode amar profundamente dois homens? Se pode amar dois, três ou quatro filhos, por que não pode sentir o mesmo por diferentes homens? Se ele batesse à porta, talvez o deixasse entrar na minha vida outra vez, não sei se por amor ou se por fraqueza. É verdade que o amei muito e que o meu amor por ele foi muito mais do que uma quimera, ao contrário do meu amor por ti. Talvez ainda o ame. Será possível que tenha deixado de o amar só porque ele escolheu outro caminho e te conheci no mesmo dia? Será que um amor construído pode ruir de um momento para o outro, como uma implosão planejada?

Esta e outras perguntas desenham-se no vazio do meu silêncio e temo nunca encontrar a resposta certa para elas. A natureza humana é volúvel e multíplice e o coração feminino consegue reunir tantas espécies diferentes de amor! Não sei o que faria se, em vez de ti, fosse ele a bater-me à porta com o cesto das laranjas que guarda todas as respostas. Imagino o teu sorriso compreensivo, quase cúmplice, ao ler estas linhas. Não sei como nem por quê, mas tenho a certeza de que entendes o que aqui te escrevo para além do que te estou a dizer.

O futuro é um mistério impossível de adivinhar, porque é sempre condicionado pelo presente, como um dominó que não se pode construir ao contrário. Talvez o meu amor por ti o tenha afastado para sempre. Afinal, como poderia ele voltar a acreditar em mim, se em escassos dias me deixei levar por uma nova emoção? É certo que isso também não fez com que ele voltasse a aproximar-se, mas se não o fez, não terá sido por essa razão. Cada coração só pode falar pelo seu sangue. Ele saberá, provavelmente tão mal como tu, porque se afastou.

Mas nada disso é agora importante. O passado também é um teatro de sombras e o caminho do bem não é o que nos prende ao que já não existe, mas o que nos deixa avançar, ainda que a luz nos cegue. *Estou cego de tanto ver*, cantou Vinicius de Moraes. Também me sinto assim, assistindo aos meus erros e falhas como se fosse uma segunda pessoa e vivesse fora da minha pele, porque só assim consigo olhar para o que se passou entre nós.

A compreensão do que me rodeia não me traz afinal nenhumas respostas. Só desejo que, num futuro distante, depois do tempo ter apaziguado tudo o que vivemos, possa amar outra vez, mais uma vez, porque as mulheres alimentam-se de amor. Não quero secar como uma velha árvore.

ALGUMAS semanas depois voltei a estar com o teu irmão, porque ele e eu também não conseguimos estar muito tempo afastados. Sei que falaste com ele nessa tarde e que ele te disse que ia jantar comigo, porque de outra forma não terias telefonado exatamente à hora de jantar, pois não? Sem me dar tempo para recusar, passou-me o telefone e trocamos meia dúzia de frases de circunstância. O meu tom neutro, quase caloroso, desarmou-te. Devias estar à espera de que me queixasse, te apontasse o dedo e dissesse tudo o que tu sabias que eu tinha sentido, mas controlei-me. Mais tarde, nessa mesma noite, voltaste a telefonar, desta vez para o meu telefone e então aí, porque sabia que querias conversar a sério e não trocar banalidades, disse-te tudo o que pensava e fui bastante dura. Tão dura que, ao fim de falar durante quase dez minutos e de perceber que me ouvias pacientemente, calei-me e esperei o pior. Pensei que me ias mandar à fava e aproveitar a discussão para te afastares definitivamente de mim, que era o que eu pensava que tu querias. Não foi isso que aconteceu. Perguntaste-me se já tinha terminado. Com um suspiro exausto, respondi que sim. Então, pediste-me desculpa, disseste que eu tinha toda a razão, que não voltarias a trair a minha confiança e que te querias entender comigo. Mais uma vez o teu feitio dócil venceu e terminamos a conversa num tom de tranquila reconciliação, como se fôssemos velhos amigos. Depois dessa conversa, nada mudou. Tu continuaste distante e eu continuei a tentar aceitar a tua distância. Não me restava outra alternativa.

Existem outros homens à espera de entrar na minha vida. Nenhum me interessa.

Ouço-os falar e lembro-me da tua voz. Observo as mãos deles e são as tuas que vejo, quase iguais às minhas, como tantos outros pequenos pormenores em ti.

Todos os olhos que me tentam prender se perdem no meu vazio, porque em nenhum vejo os teus olhos. São homens que nem sequer têm sentimentos profundos por mim, apenas querem um bocado do meu tempo ou da minha carne. O desejo é tão evidente na natureza masculina como o amor o é na natureza feminina. Primeiro, eles desejam-nos como presas e troféus. E só depois, muito raramente, se apaixonam por nós. Nós só os desejamos se já os amamos.

Imagino Penélope sozinha, no reino de Ítaca, rodeada de homens, como abutres, enquanto tecia o seu tapete de solidão que nunca terminava e que a protegia da cobiça alheia. Tal como a mulher do guerreiro, também me quero proteger do mundo, também não quero ninguém, percebes? Não quero espalhar a minha tristeza em outros corpos nem tentar esquecer-me do teu. Não quero sentir sobre a minha pele uma outra pele estranha, com um cheiro que não conheço; quero fechar-me para o mundo até que o passar dos dias suavize a minha mágoa, embora saiba que nunca conseguirei aceitar o que não posso entender. Penélope esperou vinte anos. Não esperou nem muito nem pouco, apenas o tempo que tinha de esperar.

Já não estou à tua espera, quero apenas ficar quieta. Não tenho visto os nossos amigos, nem sequer o teu irmão. Talvez ele prefira manter alguma distância entre nós, agora que tu escolheste afastar-te de mim. A amizade é o amor sem preço nem prazo de validade, por isso aceito sem reservas e sem mágoa qualquer atitude que ele queira tomar, porque sei que a nossa amizade é eterna e que ele vai voltar, como se nunca se tivesse afastado. Afinal de contas é o teu irmão mais velho e estará sempre pronto para te proteger da forma que melhor entender, apesar de ser ele quem mais precisa de proteção.

Tenho saudades dele como tenho saudades de todas as pessoas que amo, e quando amo alguém tenho saudades todos os dias; do meu filho, dos meus pais, das minhas melhores amigas, de todas as pessoas que vivem no meu coração. Tenho muitas saudades tuas. E saudades do tempo em que confiávamos um no outro e sentíamos que estávamos no mesmo barco, porque mesmo longe, queríamos ajudar, proteger e apoiar o outro em tudo, de uma forma incondicional e total, queríamos amar-nos e dar-nos um ao outro. Mas tenho ainda mais saudades de me sentir cheia de amor por ti. Será que não amamos os outros pelo que são, mas por tudo o que nos fazem sentir? Sempre quis ser a pessoa que fui quando estava contigo, tu sabias, sem saber, exaltar o meu lado melhor, mais profundo, mais elevado, mais otimista. Sentia-me bela, segura, serena e perfeita ao teu lado. Sentia-me completa, e é na plenitude que se pode encontrar a felicidade.

Nunca vemos o amor chegar; só o vemos a ir-se embora. Estou numa estação de comboios, sentada num banco de pau, completamente só. Perdi o teu comboio e não quero apanhar nenhum outro. Está frio. Um vento seco e cortante faz com que me encolha como um bicho de conta. Já não há sonho, já não há dádiva, os dias voltaram a ser cinzentos e tristes. Agora são todos iguais, sempre iguais. Trabalho, respiro, durmo e como o melhor que posso e sei, e tento esquecer-te. Deixei de falar de ti e de dizer o teu nome, deixei de o desenhar no espelho da casa de banho, quando o vapor inunda todas as superfícies. Em vez disso, tenho o coração embaciado de dúvidas e o olhar desfocado pelo absurdo do teu silêncio continuado, o olhar de quem aprende a adaptar-se a uma luz desconhecida, a uma nova realidade.

Respeito o teu silêncio porque ainda me sobra uma ponta de orgulho, porque sempre te disse que uma força imensa me empurrava para ti — *I will always run to you but never after you*, lembras-te? —, mas começo a pensar que fui apenas um caso na tua vida. A *hot meanless fling*, um caso tórrido e clandestino, de pouca importância, que não significou nada. Será assim?

Espero que não. Sempre senti que a elevação do nosso amor, por mais impossível que ele fosse, nos colocava acima disso. Pensei que a amizade e o respeito que sempre sentimos um pelo outro conseguiria levar-nos para outro lugar, ou pelo menos de outra forma, e isso entristece-me profundamente. Por mais que me esforce, é impossível não me sentir decepcionada. E o pior é que se fizeste tudo isto porque achas que desta forma nos conseguiremos libertar um do outro, quando nos voltarmos a ver, tenho a certeza de que ambos vamos sentir na pele que o tempo não sabe nada, o tempo não tem razão, porque ele não cura todos os males nem apaga todas as dores; apenas serve para domar os sentimentos mais fracos e fazer crescer os mais fortes. Por isso, e porque sei que não queremos guardar mágoa um ao outro, tento esquecer-te devagar, sem te odiar, porque o ódio também é uma forma desesperada de amar ainda e sempre aqueles que já não podemos ter ao nosso lado.

Não quero nem sei guardar rancor, nem remorso, nem raiva ou censura. Apenas uma dor que ficou no peito, que dói e que dura. O amor, que existe antes e depois de tudo, é uma força poderosa e triste, porque fecha o coração a todos os outros prazeres que ele não pode dar.

A pouco e pouco, com enorme esforço e nenhuma vontade, tento não pensar mais em ti, refugiando-me na ideia de que é sempre muito mais interessante o que escrevemos sobre os homens que amamos do que aquilo que eles são na realidade.

Deixei de imaginar como te podia receber e mimar sempre que voltasses à minha cidade, de me lembrar de lugares mágicos e escondidos, de restaurantes acolhedores e de miradouros românticos, deixei de sonhar com a tua presença na minha vida; o teu corpo sobre o meu, a tua mão a fechar a minha, os teus braços à minha volta, o teu olhar líquido e triste a nadar dentro do meu. Tudo o que desejo agora é que me saias da pele como as folhas que caem no outono, e com esse tapete sob os meus pés conseguir caminhar sem pisar as pedras.

Como te disse há pouco tempo, num daqueles momentos raros em que baixaste a guarda e me telefonaste, consumido de saudades, tu escolheste nunca descer do cavalo. Não tive por isso outra escolha senão a de subir a uma torre e por lá ficar a escrever histórias, até que alguém me lance uma escada mágica e me traga ao colo de regresso ao mundo.

SEI que um dia voltarás a caminhar ao meu lado pelas mesmas ruas de sempre, onde há portas de casas mais baixas do que nós e a luz amarela dos candeeiros antigos protege os amantes e os seus sonhos ainda e sempre por realizar. O teu feitio tranquilo e conciliador vai encontrar uma forma sutil de aproximação, através do teu irmão ou de qualquer outro amigo comum, e sei que não te vou resistir. Iremos outra vez almoçar ou jantar, como sempre de mãos dadas, partilharemos segredos e medos, mergulharemos num mundo só nosso que nunca saberemos se ainda existe ou não, com a profunda convicção de que há coisas que nunca mudam, mesmo que já não existam.

E vão resgatar-se todos os beijos adiados ao longo destes meses, todos os abraços, todos os momentos que desejamos repetir, como se nunca tivéssemos deixado de o fazer. Sei que vou sentir-te outra vez como se nunca me tivesses saído do sangue, mas espero já ter aprendido a viver com isso. Há amores que nunca morrem, não há? Por isso, até conseguir alcançar esse estado de sabedoria e desprendimento, preciso de paz e de silêncio, para que o meu luto não seja em vão.

Infelizmente não posso usar a minha segunda visão para tentar adivinhar como te sentes, se estás feliz na tua cidade, se te apaixonaste por outra mulher ou vives os dias como eu, afogado em trabalho, e quando te deitas à noite, a tua cama é tão vazia como a minha e se enche de saudades minhas, enquanto choro com saudades tuas.

Amo-te muito, como sempre te amei, porque te amei desde o instante em que te vi. Talvez te ame mais por ter escolhido amar-te, mas se o bom-senso me tivesse dominado desde o início e o sonho não comandasse a minha vida, ter-te-ia amado na mesma, de uma forma muito mais triste, da mesma forma que talvez me tenhas amado; um amor preso e receoso, sem sonho nem respiração.

Talvez seja ainda demasiado cedo, talvez todo este amor tão intenso e intensamente revelado te tenha assustado para sempre. Não sei se sabes ou não amar, mas tenho a certeza de que não sabes receber. Não estás habituado, não sabes lidar com isso. Eu também não sabia, mas percebi que se não aprendesse, nunca me serviria de nada amar e dar, porque nunca teria retorno.

A tua caverna é uma espiral e tenho a certeza de que o nosso amor te deu alento para saíres dela. Mas estavas no centro, tens por isso ainda muitas voltas a percorrer e tens de as percorrer sozinho. Já te dei pistas e mostrei-te caminhos, nada mais posso fazer agora. Outras mulheres, mais orgulhosas, teriam fechado o seu coração para sempre, mas eu não sou assim. De que me serve o orgulho se não me aquece o coração? Talvez me aches fraca, mas só os mais fortes têm coragem de revelar as suas fraquezas. É quando não esperamos nada das pessoas que elas morrem no nosso coração e eu espero de ti sempre o melhor. Sempre, sempre.

Sabes o que me fazia feliz agora? Ser surpreendida pela vida. Ouvir a campainha da porta e receber um ramo de flores. Atender o telefone e ouvir a voz de um amigo que vive do outro lado do mundo, com quem não falo há muito tempo e que julguei ter perdido para sempre. Ir ao correio e receber um postal de um velho conhecido. Ver um filme que me ensine alguma coisa. Aprender uma nova canção. Ler um livro que me aqueça a alma.

O que quero da vida, afinal, são coisas muito simples; paz, tranquilidade, amigos, tempo para aqueles que amo, uma casa com sol e o coração cheio. E quero acreditar que um dia o amor vai de novo bater à minha porta, um amor talvez menos profundo e mais fácil, sem um cavalo branco, mas igualmente puro e belo, como foi o nosso.

Se quiseres fazer parte da minha vida, se quiseres ser tu esse amor feliz e real, talvez ainda vás a tempo. Penélope ouviu os passos de Ulisses quando ele regressou, cansado de ser herói, mais ainda com vontade de ser marido. Talvez também consiga ouvir os teus passos cansados, se decidires que esta é a tua casa e me bateres à porta com o teu sorriso triste, a tua eterna mala de rodinhas e um cesto carregado de laranjas.

Devia ser contida e orgulhosa, esconder-me atrás de um muro como tu, mas as janelas da minha torre são grandes e não as consigo fechar. Prefiro trocar o orgulho pela verdade, ainda que isso me retire mistério e encanto. De qualquer forma, já nada tenho a perder e é a verdade que nos leva a encontrar a paz, como sempre acontece em todos os finais. Quando o coração morre, morre sempre devagar. Vai-se desfazendo como as folhas das árvores que caem no outono, folha a folha, até à última, tal como a esperança que um dia sucumbe à realidade e desiste.

Escrevo-te este diário, que se transformou na mais sincera carta de amor, para que nunca te esqueças do que foi o meu amor por ti.

Já estou cansada das palavras, mas não tenho outra forma de tocar a eternidade. Talvez o que aqui te escrevo te consiga mover mais uma vez, porque ao ler cada linha, sei que é a minha voz que irás ouvir.

Talvez o teu coração perca o medo de saltar para fora do peito e descubras finalmente onde pode ser a tua casa. Ou talvez o feches em fúria, me amaldiçoes por toda a sinceridade e despudor e o escondas num lugar perdido, para nunca mais o abrir, como fizeram os homens com a caixa de Pandora, acreditando que era ela a culpada de se terem espalhado pelo mundo todas as desgraças e enfermidades. Só a Esperança não saiu da caixa, para salvar os mesmos homens. Quem sabe, um dia, alguém a descobre perdida, escondida num armazém obscuro de um antiquário cego e surdo e volta a abri-la, devolvendo ao mundo o que sempre mais lhe faltou.

Mesmo assim, acredito que não me lerás de uma forma tão trágica e triste. Acredito que, mergulhado no silêncio, conseguirás ouvir a minha voz que sempre te tocou e, apesar da distância, sentirás a minha cara encostada nas tuas costas e os meus braços à volta do teu peito amparando-te no teu caminho, o meu olhar protetor e a pedir proteção, o calor do meu corpo encostado ao teu, e à nossa volta, como uma bênção divina, aquele véu de esperança que afinal nunca se perdeu.

Até lá, e porque a vida nunca é como a imaginamos, espero por ti sem esperar, sonhando que aquilo que desejo, se for bom para mim e o melhor para o mundo, se realize, e a tua ausência seja apenas uma etapa, a razão pela qual te escrevi este diário.

Talvez ele te sirva para que te libertes dos medos, abandones a caverna e as suas tristes sombras. Se assim for, de alguma forma, terei cumprido a minha missão. E mesmo que não te tenha nos meus braços, viverás em mim, por tudo o que te dei, apesar de saber que é muito difícil ajudar alguém que cresceu sozinho e se habituou a nunca contar com o amor e a dedicação dos outros.

Cada escravo carrega a chave da sua liberdade, por isso aqui a tens. Todo o tempo que não é dedicado ao amor é tempo perdido. E tudo o que não é dado perde-se.

Este diário não foi inspirado em ti, meu querido, foi escrito para ti. É teu. Peço-te que o guardes para sempre no teu coração.

Cruz Quebrada

28 de Fevereiro de 2005

Impresso no Brasil pelo
Sistema Cameron da Divisão Gráfica da
DISTRIBUIDORA RECORD DE SERVIÇOS DE IMPRENSA S.A.
Rua Argentina 171 – Rio de Janeiro, RJ – 20921-380 – Tel.: 2585-2000